(明)吴承恩 撰

李卓吾先生批評西遊記

第四册

國家圖書館出版社

第四册目録

第十七回

孫行者大鬧黑風山　觀世音收伏熊羆怪。

話說孫行者一觔斗跳將起去。諕得那觀音院大小和尚并頭陀幸童道人等一個個朝天禮拜道。爺爺呀。原來是騰雲駕霧的神聖下界。怪道火不能傷。恨我那個不識人的老剝皮使心（着眼）用心。今日反害了自巳。三藏道。列位請起。不須恨了。這去尋着袈裟。萬事皆休。但恐找尋不着。我那徒弟性子有些不好。汝等性命不知如何。恐一人不能脫也。衆僧聞得此言。一個個提心弔膽。告天許愿。只要尋得袈裟。各全性命不題。却說孫大聖到空中把腰兒扭了一

扭早來到黑風山上住了雲頭仔細看果然是座好山况
正值春光時節但見
萬壑爭流千崖競秀鳥啼人不見花落樹猶香雨過天
連青壁潤風來松捲翠屏張山艸發野花開懸崕峭嶂
薜蘿生佳木麗峻嶺平崗不遇幽人那尋樵子澗邊雙
鶴飲石上野猿狂矗矗堆螺排黛色巍巍擁翠弄嵐光
那行者正觀山景忽聽得芳艸坡前有人言語他却輕步
潛踪閃在那石崖之下偷睛觀看原來是三個妖魔席地
而坐上首的是一條黑漢左首下是一個道人右首下是
一個白衣秀士都在那里高談闊論講的是立鼎安爐摶

砂煉汞白雪黃牙傍門外道。正說中間那黑漢笑道。後日是我母難之日。二公可光顧光顧。白衣秀士道。年年與大王上壽。今年豈有不來之理。黑漢道。我夜來得了一件寶貝。名喚錦襴佛衣。誠然是件玩好之物。我明日就以他爲壽。大開筵宴。邀請各山道官。慶賀佛衣。就稱爲佛衣會如何。道人笑道。妙妙。我明日先來拜壽。後日再來赴宴。行者聞得佛衣之言。定以爲是他寶貝。他就忍不住怒氣。跳出石崖。雙手舉起金箍棒。高叫道。我把你這夥賊怪。你偷了我的袈裟。要做甚麽佛衣會。趁早兒將來還我。喝一聲休走。輪起捧照頭一下。慌得那黑漢化風而逃。道人駕雲

而走只把個白衣秀士（天下只有白衣秀士沒用了。我道秀士中竟老多）一棒打死拖將過來看處却是一
條白花蛇怪。（龍小）索性提起來捽做五七斷。徑入後山找尋那
個黑漢。轉過尖峰。行過峻嶺。又見那壁陡崖前。聳出一座
洞府。但見那。
煙霞渺渺。松栢森森。煙霞渺渺采盈門。松栢森森青遶
户。橋踏枯槎木。峰巔繞薜蘿。鳥啣紅蕋來雲壑。鹿踐芳
叢上石臺。那門前。時催花發。風送花香。臨堤綠柳轉黃
鸝。傍岸夭桃翻粉蝶。雖然曠野不堪誇。却賽蓬萊山下
景。
行者到于門首。又見那兩扇石門。關得甚緊。門上有一橫

石板明書六個大字乃黑風山黑風洞卽便輪棒叫聲開門那裡面有把門的小妖開了門出來問道你是何人敢來擊吾仙洞行者罵道你個作死的業畜甚麽個去處敢稱仙洞仙字是你稱的快進去報與你那黑漢教他快送老爺的袈裟出來饒你一窩性命小妖急急跑到裡面報道大王佛衣會做不成了門外有一個毛臉雷公嘴的和尚來討袈裟哩那黑漢被行者在芳艸坡前趕將來却才關了門坐還未穩又聽得那話心中暗想道這厮不知是那里來的這般無禮他敢嚷上我的門來教取披掛隨結束了綽一桿黑纓鎗走出門來這行者閃在門外執着鐵

棒。睜睛觀看。只見那怪果生得兇險。
碗子鐵盔火漆光。烏金鎧甲亮輝煌。皂羅袍罩風兜袖。
黑綠絲縧嚲穗長。手執黑纓鎗一桿。足踏烏皮靴一雙。
眼幌金睛如掣電。正是山中黑大王。
行者暗笑道。這廝真個如燒窰的一般。築煤的無二。想必是在此處刷炭爲生。怎麼這等一身烏黑。那怪大聲高叫道。你是個甚麼和尚。敢在我這里大膽。行者執鐵棒撞至面前。大咤一聲道。不要閑講。快還你老外公的袈裟來。那怪道。你是那寺裡和尚。你的袈裟在那裡失落了。敢來我這裡索取。行者道。我的袈裟。正直北觀音院後方丈裡放

着只因那院裡失了火你這厮趁鬨擄掠盜了來要做佛
衣會慶壽怎敢抵賴快快還我饒你性命若牙迸半個不
字我推倒了黑風山躧平了黑風洞把你這一洞妖邪都
碾爲虀粉那怪聞言呵呵冷笑道你那個潑物昨夜那火
就是你放的你在那方丈屋上行兇招風是我把一件袈
裟拿來了你待怎麽你是那里來的姓甚名誰有多大手
段敢那等海口浪言行者道是你也認不得你老外公哩
你老外公乃大唐上國駕前御弟三藏法師之徒弟姓孫
名悟空行者若問老孫的手段說出來教你魂飛魄散死
在眼前那怪道我不曾會你有甚麽手段說來我聽行者

笑道我兒子你站穩着仔細聽之我
自小神通手段高隨風變化逞英豪養性修真熬日月
跳出輪廻把命逃一點誠心曾訪道靈臺山上採藥苗
那山有個老仙長壽年十萬八千高老孫拜他爲師父
指我長生路一條他說身内有丹藥外邊採取枉徒勞
得傳大品大仙訣若無根本實難熬回光内照寧心坐
身中日月坎離交萬事不思全寡慾六根清淨體堅牢
返老還童容易得超凡入聖路非遥三年無漏成仙體
不同俗輩受煎熬十洲三島還遊戲海角天涯轉一遭
活該三百多餘歲不得飛昇上九霄下海降龍真寶貝

才有金箍棒一條。花果山前爲帥首。水簾洞裡聚群妖。
玉皇大帝傳宣詔。封我齊天極品高。幾番大鬧靈霄殿。
嚇得天王歸上界。哪吒負重領兵逃。顯聖真君能變化。
老孫硬賭跌平交。道祖觀音同玉帝。南天門上看降妖。
却被老君助一陣。二郎擒我到天曹。將身綁在降妖柱。
即命神兵把首梟。刀砍鎚敲不得壞。又致雷打火來燒。
老孫其實有手段。全然不怕半分毫。送在老君爐裡煉。
六丁神火慢煎熬。日滿開爐我跳出。手持鐵棒遶天跑。
直得賣弄
縱橫到處無遮攔。三十三天鬧一遭。我佛如來施法力。
五行山壓老孫腰。整整壓孩五百載。幸逢三藏出唐朝。

吾今皈正西方去。轉上雷音見玉毫。你去乾坤四海問一問。我是歷代馳名第一妖。

那怪聞言。笑道你原來是那鬧天宮的弼馬溫麼。行者最惱的是人叫他弼馬溫。聽見這一聲。心中大怒。罵道你這賊怪。偷了袈裟不還。倒傷老爺。不要走。看棍。那黑漢側身躲過。纏長鎗劈手來迎。兩家這場好殺。

如意棒。黑纓鎗。二人洞口逞剛強。分心劈臉刺。着臂照頭傷。這個橫丟陰棍手。那個直撚急三鎗。白虎爬山來探爪。黃龍臥道轉身忙。噴彩霧。吐毫光。兩個妖仙不可量。一個是修正齊天聖。一個是成精黑大王。這場山裡

相爭處只爲袈裟各不良
那怪與行者鬬了十數回合不分勝負漸漸紅日當午那
黑漢舉鎗架住鐵棒道孫行者我兩個且收兵等我進了
膳來再與你賭鬬行者道你這個孽畜教做漢子好漢子
半日兒就要吃飯似老孫在山根下整壓了五百餘年也
未曾嘗些湯水那里便餓哩莫推故休走還我袈裟來方
讓你去吃飯那怪虛幌一鎗撤身入洞關了石門收回小
怪且安排筵宴書寫請帖邀請各山魔王慶會不題却說
行者攻門不開也只得回觀音院那本寺僧人已葬埋了
那老和尚都在方丈裡伏侍唐僧早齋已畢又擺上午齋

正那里添湯換水只見行者從空降下衆僧禮拜接入方丈見了三藏三藏道悟空你來了袈裟何如行者道已有了根由早是不曾冤了這些和尚原來是那黑風山妖怪偷了老孫去暗暗的尋他只見他與一個白衣秀士一個老道人坐在那芳艸坡前講話也自個不打自招的怪物他忽然說出道後日是他母難之日邀請諸邪來做生日夜來得了一件錦襴佛衣要以此爲壽作一大宴喚做慶賞佛衣會是老孫搶到面前打了一棍那黑漢化風而走道人也不見了只把個白衣秀士打死乃是一條白花蛇成精我又急急趕到他洞口叫他出來與他賭鬥他已承

認了是他拿回戰勾這半日不分勝負那怪回洞却要吃飯關了石門懼戰不出老孫却來同看師父先報此信已是有了袈裟的下落不怕他不還我衆僧聞言合掌的合掌磕頭的磕頭都念聲南無阿彌陀佛今日尋着下落我等方有了性命矣行者道你且休喜歡暢快我還未曾到手師父還未曾出門哩只等有了袈裟打發得我師父好好的出門才是你們的安樂處若稍有些須不虞老孫可是好惹的主子可曾有好茶飯與我師父吃可曾有好艸料喂馬衆僧俱滿口苔應道有有有更不曾一毫有怠慢了老爺三藏道自你去了這半日我已吃過了三次茶湯

兩飡齋供了他俱不曾敢慢我但只是你還盡心竭力去尋取袈裟回來行者道莫忙既有下落管情拿住這厮還你原物放心放心正說處那上房院主又整治素供請孫老爺吃齋行者却吃了些須復駕祥雲又去找尋正行間只見一個小怪左脇下夾着一個花梨木匣兒從大路而來行者度他匣內必有甚麼柬札舉起棒劈頭一下可憐不禁打就打得似個肉餅一般却拖在路傍揭開匣兒觀看果然是一封請帖帖上寫着侍生熊羆頓首拜啟上大（幻筆如此奇矣奇矣）闡金池老上人丹房屢承佳惠感激淵深夜觀回祿之難有失救護諒仙機必無他害生偶得佛衣一件欲作雅會

謹具花酌。奉扳清賞。至期千乞仙駕。過臨一叙。是荷。先二日具。行者見了。呵呵大笑道。那個老剝皮。死得他一毫兒也不虧。他原來與妖精結黨。怪道他也活了二百七十歲。想是那個妖精。傳他些甚麼服氣的小法兒。故有此壽。老孫還記得他的模樣。等我就變做那和尚。往他洞裡走走。看我那袈裟放在何處。假若得手。即便拿回。却也省力。好大聖。念動咒語。迎着風一變。果然就相那老和尚一般。藏了鐵棒。拽開步。徑來洞口。叫聲開門。那小妖開了門。見是這般模樣。急轉身報道。大王。金池長老來了。那怪大驚道。剛才差了小的去。下簡帖請他。這時候還未到那里哩。如何他就來得那等迅速想是小的不曾撞他他斷是孫行者呼他來討袈裟的管事的可把佛衣藏了莫教他看見行者進了洞門但見那天井中松篁交翠桃李爭妍叢叢花發簇簇蘭香却也是個洞天之處又見那二門上有一聯對子寫着靜隱深山無俗慮幽居仙洞樂天眞（幻筆妙甚）行者暗道這廝也是脫垢離塵知命的怪物入門裡往前又進到于三層門裡都是些畫棟雕梁明窻彩户只見那黑漢子穿的是黑綠紵絲袢襖罩一領鴉青花綾披風戴一頂烏角軟巾穿一雙麂皮皂靴見行者進來整頓衣巾降階迎接道金池老友連日欠親請坐請坐行者以禮相見見畢

而坐坐定而茶茶罷妖精欠伸道適有小簡奉啟後日一敘何老友今日就下顧也行者道正來進拜不期路遇華翰見有佛衣雅會故此急急奔來願求見見那怪笑道老友差矣這袈裟本是唐僧的他在你處住札你豈不曾看見返來就我看看行者道貧僧借來因夜晚還不曾展看不期被大王取來又被火燒了荒山失落了家私那唐僧的徒弟又有些驍勇亂忙中四下里都尋覓不見原來是大王的洪福收來故特來一見正講處只見有一個巡山的小妖來報道大王禍事了下請書的小校被孫行者打死在大路傍邊他綽着經兒變化做金池長老來騙佛衣

也。那怪聞言暗道。我說那長老。怎麼今日就來。又來得忒速。果然是他。急縱身拿過鎗來。就刺行者。行者耳朶裡急掣出棍子。現了本相。架桂鎗尖。就在他那中廳裡跳出。自天井中。鬭到前門外。諕得那洞裡羣妖。都喪膽。家間老幼。盡無覓。這塲在山頭好賭鬭。比前番更是不同。好殺。

那猴王膽大充和尚。這黑漢心靈隱佛衣。語去言來機會巧。隨機應變不差池。袈裟欲見無由見。寶貝玄微真妙微。小怪尋山言禍事。老妖發怒顯神威。翻身打出黑風洞。鎗棒爭持辨是非。棒架長鎗聲響亮。鎗迎鐵棒放光輝。悟空變化人間少。妖怪神通世上稀。這个要把佛衣來慶

壽。那個不得袈裟肯善歸。這翻苦戰難分手。就是活佛臨
凡也解不得圍。
他兩個從洞口打上山頭。自山頭殺在雲外。吐霧噴風飛
砂走石。只鬭到紅日沉西。不分勝敗。那怪道。姓孫的。你且
住了手。今日天晚。不好相持。你去你去。待明早來。與你定
個死活。行者叫道。兒子莫走。要戰便相個戰的。不可以天
晚相推。看他沒頭沒臉的。只情使棍子打來。這黑漢又化
陣清風。轉回本洞。緊閉石門不出。行者却無計策。奈何只
得也回觀音院裡。按落雲頭。道聲師父。那三藏眼兒巴巴
的正望他哩。忽見到了面前。甚喜。又見他手裡沒有袈裟

又懼問道怎麽這番還不曾有袈裟來行者袖中取出個簡帖兒來遞與三藏道師父那怪物與這死的老剝皮是朋友他着一個小妖送此帖來還請他去赴佛衣會是老孫就把那小妖打死變做那老和尚進他洞去騙了一鍾茶吃欲問他討袈裟看看他不肯拿出正坐間忽被一個甚麽巡風的走了風信他就與我打將起來只鬪到這早晚不分上下他見天晚閃回洞去緊閉石門老孫無奈也暫同來三藏道你手段比他何如行者道我也硬不多兒只戰個手平三藏才看了簡帖又遞與那院主道你師父敢莫也是妖精麽那院主慌忙跪下道老爺我師父是

人只因那黑大王修成人道常來寺裡與我師父講經他傳了我師父些養神服氣之術故以朋友相稱行者道這般和尚沒甚妖精他一個個頭圓頂天足方履地但比老孫肥胖長大些兒非妖精也你看那帖兒上寫着侍生熊羆此物必定是個黑熊成精三藏道我聞得古人云熊與猩猩相類都是獸物他却怎麼成精行者笑道老孫是獸類見故了齊天大聖與他何異大抵世間之物凡有九竅者皆可以修行成仙三藏又道你才說他本事與你手平你却怎生得勝取我袈裟回來行者道莫管莫管我有處治正商議間衆僧擺上晚齋請他師徒們吃了三藏教掌

燈。仍去前面禪堂安歇。衆僧都挨墻倚壁。苫搭窩棚。各各睡下。只把個後方丈讓與那上下院主安身。此時夜靜。但見

銀河現彩。玉宇無塵。滿天星燦爛。一水浪收痕。萬籟聲寧。千山鳥絶。溪邊漁火息。塔上佛燈昏。昨夜闍黎鐘鼓响。今宵一遍哭聲聞。

是夜在禪堂歇宿。那三藏想着袈裟。那里得穩睡。忽翻身見窻外透白。急起叫道。悟空。天明了。快尋袈裟去。行者一骨魯跳將起來。早見衆僧侍立。供奉湯水。行者道。你等用心伏侍我師父。老孫去也。三藏下牀扯住道。你往那里去

行者道我想這椿事都是觀音菩薩没理他有這箇禪院
在此受了這里人家香火又容那妖精鄰住我去南海尋
他與他講一講教他親來問妖精討袈裟還我三藏道你
這去幾時回來行者道時少只在飯罷時多只在晌午就
成功了那些和尚可好伏侍老孫去也說聲去早已無踪
須臾間到了南海停雲觀看但見那
汪洋海遠水勢連天祥光籠宇宙瑞氣照山川千層雪
浪吼青霄萬疊煙波滔白晝水飛四野嚮轟雷浪滚遍
遭鳴霹靂休言水勢且看中間五色朦朧寶疊山紅黃
紫皂綠和藍纔見觀音真勝境試看南海落伽山好去

處山峰高聳頂透虛空中間有千樣奇花百般瑞艸風擺寶樹日映金蓮觀音殿瓦盖瑠璃潮音洞門鋪玳瑁綠楊影裡語鸚哥紫竹林中啼孔雀羅紋石上護法威嚴瑪瑙灘前木叉雄壯

這行者觀不盡那異景非常徑直按雲頭到竹林之下早有諸天迎接道菩薩前者對衆言大聖歸善甚是宣揚今保唐僧如何得暇到此行者道因保唐僧路逢一事特見菩薩煩爲通報諸天遂來洞口報知菩薩喚入行者遵法而行至寶蓮臺下拜了菩薩問曰你來何幹行者道我師父路遇你的禪院你受了人間香火容一個黑熊精在那

里鄰住着他偷了我師父袈裟。屢次取討不與。今特來問
你要的。菩薩道這猴子說話這等無狀。既是熊精偷了你
的袈裟。你怎來問我取討。都是你這個孽猴大膽將寶貝
賣弄拿與小人看見。你却又行兇喚風發火燒了我的留
雲下院。返來我處放刁。行者見菩薩說出這話。知他曉得
過去未來之事。慌忙禮拜道菩薩乞恕弟子之罪。果是這
般這等。但恨那怪物不肯與我袈裟。師父又要念那話兒
咒語。老孫忍不得頭疼。故此來拜煩菩薩。望菩薩慈悲之
心。助我去拿住妖精取衣西進也。菩薩道那怪物有許多
神通。却也不亞于你。也罷我看唐僧面上和你去走一遭。

行者聞言謝恩再拜即請菩薩出門。遂同駕祥雲早到黑風山。墜落雲頭。依路找洞。正行處。只見那山坡前走出一個道人。手拿着一個玻璃盤兒。盤内安着兩粒仙丹往前正走。被行者撞個滿懷。掣出棒。就照頭一下。打得腦裏粉流出。腔中血迸。擦菩薩大驚道。你這個猴子。還是這等放潑。他又不曾偷你袈裟。又不與你相識。又無甚冤仇、你怎麽就將他打死。行者道。菩薩你認他不得。他是那黑熊精的朋友。他昨日和一個白衣秀士。都在芳艸坡前坐講。後日是黑精的生日、請他們來慶佛衣會。今日他先來拜壽。明日來慶佛衣會。所以我認得定是今日、替那妖去上壽。

菩薩說既是這等說來也罷行者纔去把那道人提起來看卻是一隻蒼狼傍邊那個盤兒底下卻有字刻道凌虛子製行者見了笑道造化造化老孫也是便益菩薩也是省力這怪教做不打自招那怪教他今日了劣菩薩說道悟空這教怎麽說行者道菩薩我悟空有一句話兒教作將計就計不知菩薩可肯依我菩薩道你說行者說道菩薩你看這盤兒中是兩粒仙丹便是我們與那妖魔的勢見這盤兒後面刻的四個字說凌虛子製便是我們是那妖魔的勾頭菩薩若要依得我時我好替你作個計較也就不須動得干戈也不須勞得征戰妖魔眼下遭瘟佛衣

眼下出現菩薩要不依我時菩薩往西我悟空往東佛衣只當相送唐三藏只當落空菩薩笑道這猴熟嘴行者道不敢到是一個計較菩薩說你這計較怎說行者道這盤上刻那凌虛子製想這道人就叫做凌虛子菩薩你要依我時可就變做這個道人我把這丹喫了一粒變上一粒略大些兒菩薩你就捧了這假盤兒兩粒仙丹去與那妖上壽把這丸大些的讓與那妖待那妖一口吞之老孫便於中取事他若不肯獻出佛衣老孫將他板腸就也織將一件出來菩薩沒法只得也點點頭兒行者笑道如何爾時菩薩廼以廣大慈悲無邊法力億萬化身以心會意以

意會身恍惚之間變作凌虛仙子

鶴氅仙風颯飄飄欲步虛蒼顏松柏老秀色古今無去
去還無住如如自有殊總來歸一法只是隔邪軀

行者看道妙阿妙阿還是妖精菩薩還是菩薩妖精菩薩
笑道悟空菩薩妖精總是一念若論本來皆屬無有行者
心下頓悟轉身却就變做一粒仙丹

走盤無不定圓明未有方三三勾漏合六六少翁商瓦
鑠黃金焰牟尼白晝光外邊鉛與汞未許易論量

行者變了那顆丹終是略大些兒菩薩認定拿了那個琉
璃盤兒徑到妖洞門口看時果然是

崖深岫險。雲生頰上。栢蒼松翠。風颯林間。崖深岫險。果是妖邪出沒人煙少。栢蒼松翠。也可仙真修隱道情多、山有澗。澗有泉。潺潺流水咽鳴琴。便堪洗耳。崖有鹿、林有鶴。幽幽仙籟動間岑。亦可賞心。這是妖仙有分降菩提、弘誓無邊垂惻隱。

菩薩看了。心中暗喜道。這孽畜占了這座山洞。卻是也有些道分。因此心中已是有個慈悲。走到洞口。只見守洞小妖都有些認得道凌虛仙長來了。一邊傳報。一邊接引。那妖早已迎出。門道。凌虛有勞仙駕。珍顧蓬蓽有光。菩薩道。小道敬獻一粒仙丹。敢稱千壽。他二人拜畢。方才坐定又叙起他昨日之事菩薩不荅連忙拿册盤道大王且見小道鄙意覷定一粒大的推與那妖道願大王千壽那妖亦推一粒遞與菩薩道願與凌虛子同之讓畢那妖纔待要咽那藥順口兒一直滾下現了本像理起四平那妖滾（可笑這猴子到是老熊心上人）倒在地菩薩現相問妖取了佛衣行者早已從鼻孔中出去菩薩又怕那妖無禮卻把一個箍兒丟在那妖頭上那妖起來提鎗要刺行者菩薩早已起在空中菩薩將真言念起那怪依舊頭疼丟了鎗落地亂滾半空裏笑倒個美猴王平地下滾壞個黑熊怪那怪滿口道心願皈依只望饒命行者道耽閣了工夫意欲就打菩薩急止住道休傷

他命我有用他處哩行者道這様怪物不打殺他還留他在何處用他菩薩道我那落伽山後無人看管我要帶他去做個守山大神行者笑道誠然是個救苦慈尊一靈不損若是老孫有這様咒語就念上他娘千遍這廻兒就有許多黒熊都教他了帳

（賊猴你就忘了那話兒咒了麼）

却說那怪甦醒多時公道難禁疼痛只得跪在地下哀告道但饒性命願皈正果菩薩方墜落祥光又與他摩頂受戒教他執了長鎗跟隨左右那黒熊才一片野心今日定無窮頑性此時收

（着眼）

菩薩分付道悟空你回去罷好生伏侍唐僧是休懈惰生事行者道深感菩薩遠來弟子還當回送回送菩薩道免送行者才捧着

袈叩頭而别菩薩亦帶了熊羆徑回大海有詩爲證
祥光靄靄凝金象萬道繽紛實可誇普濟世人垂憫恤
徧觀法界現金蓮全來多爲傳經意此去源無落點瑕
降怪成真歸大海空門復得錦袈裟

總批

只爲一領袈裟生出多少事來古宿云着了袈裟事
更多諒哉
黑熊偷了袈裟作佛衣大會這叫做親傳衣鉢該與
孫行者是同衣了一笑一笑

第十八回

觀音院唐僧脫難　高老莊行者降魔

行者辭了菩薩按落雲頭將袈裟掛在香柟樹上掣出棒來打入黑風洞裏那洞裏那得一個小妖原來是他見菩薩出現降得那老怪就地打滾急急都散走了行者一發行兇將他那幾層門上都積了乾柴前前後後一齊發火把個黑風洞燒做個紅風洞卻拿了袈裟駕祥光轉回直北話說那三藏望行者急忙不來心甚疑惑不知是請菩薩不至不知是行者托故而逃正在那胡猜亂想之中只見半空中彩霧燦燦行者忽墜階前叫道師父袈裟來了

三藏大喜衆僧亦無不歡悦道好了好了我等性命今日方才得全了三藏接了袈裟道悟空你早間去時原約到飯罷晌午如何此時日西方回行者將那請菩薩施變化降妖的事情備陳了一遍三藏聞言遂設香案朝南禮拜罷道徒弟阿既然有了佛衣可快收拾包裹去也行者道莫忙莫忙今日將晚不是走路的時候且待明日早行衆僧們一齊跪下道孫老爺說得是一則天晚二來我等有些些願心兒今幸平安有了寶貝待我還了願請老爺散了一明早一送西行行者道正是正是你看那些和尚都傾囊倒底把那火裏搶出的餘貲各出所有整頓了些些齋供

燒了些平安無事的紙念了幾卷消災解厄的經當晚事畢次早方刷扮了馬疋包裹了行囊出門眾僧遠送方回行者引路而去正是那春融時節但見那

艸襯玉驄蹄跡軟　柳搖金線露華新
桃杏滿林爭艶麗　薜蘿遶徑放精神
沙堤日暖鴛鴦睡　山澗花香蛺蝶馴
這般秋去冬殘春過半　不知何年行滿得真文

師徒們行了五七日荒路忽一日天色將晚遠遠的望見一村人家三藏道悟空你看那壁廂有座山莊相近我們去告宿一宵明日再行何如行者道且等老孫去看看吉凶再作區處那師父挽住絲韁這行者定睛觀看真個是

竹籬密密。茅屋重重。參天野樹迎門。曲水溪橋映戶。道傍楊柳綠依依。園內花開香馥馥。此時那夕照沉西。處處山林喧鳥雀。晚煙出爨。條條道徑轉牛羊。又見那食飽雞豚眠屋角。醉酣鄰叟唱歌來。

行者看罷。道師父請行。定是一村好人家。正可借宿。那長老催動白馬。早到街衢之口。又見一個少年。頭裹綿布。身穿藍襖。持傘背包。斂裩劄褲。脚踏着一雙三耳艸鞋。雄糾糾的出街忙走。行者順手一把扯住道。那裏去。我問你一個信兒。此間是甚麼地方。那個人只管苦掙。口裏嚷道。我莊上沒人。只是我好問信。行者陪着笑道。施主莫惱。與人

方便自巳方便你就與我説説地名何害我也可解得你
的煩惱那人掙不脫手氣得亂跳道蹭蹬蹭蹬家長的屈
氣受不了又撞着這個光頭受他的清氣行者道你有本
事劈開我的手你便就去了也罷那人左扭右扭那里扭
得動却似一把鐵鈐拑住一般氣得他丟了包袱撇了傘
兩隻手雨點般來抓行者行者把一隻手扶着行李一隻
手抵住那人憑他怎麽支吾只是不能抓着行者愈加不
放急得爆燥如雷三藏道悟空你那里不有人來了你再
問那人就是只管扯住他怎的放他去罷行者笑道師父
不知若是問了別人沒趣須是問他纔有買賣那人被行

者扯住不過只得說出道此處乃是烏斯藏國界之地叫做高老莊一莊人家有大半姓高故此喚做高老莊你放了我去罷行者又道你這樣行裝不是個走近路的你實與我說你要往那里去端的所幹何事我纔放你這人無奈只得以實情告訴道我是高太公的家人名喚高才我那太公有一個女兒年方二十歲更不曾配人三年前被一個妖精占了那妖整做了這三年女婿我太公不悅說道女兒招了妖精不是長法一則敗壞家門二則沒個親家來往一向要退這妖精那妖精那里肯退轉把女兒關在他後宅將有半年再不放出與家內人相見我太公與

了我幾兩銀子。教我尋訪法師、拿那妖娙我這些時不曾住。脚前前後後請了有三四個人。都是不濟的和尚。膿包的道士。降不得那妖精。剛纔罵了我一塲。說我不曾幹事。又與了我五錢銀子做盤纏。教我再去請好法師降他。不期撞着你這個紇刺星扯住。誤了我走路。故此裏外受氣。我無奈。纔與你叫喊。不想你又有些拿法。我掙不過你。所以說此實情。你放我去罷。行者道。你的造化。我有營生這纔是湊四合六的勾當。你也不須遠行。莫要花費了銀子。我們不是那不濟的和尚。膿包的道士。其實有些手段。慣會拿妖。這正是一來照顧郎中。二來又醫得眼好。煩你回去上覆你那家主說我們是東土駕下差來的御弟聖僧往西天拜佛求經者善能降妖縛怪高才道你莫悮了我我是一肚子氣的人你若哄了我沒甚手段拿不住那妖精却不又帶累我來受氣行者道管教不誤了你你引我到你家門首去來那人也無計奈何真個提着包袱拿了傘轉步回身領他師徒到于門首道二位長老你且在馬臺上略坐坐等我進去報主人知道行者纔放了手落擔牽馬師徒們坐立門傍等候那高才入了大門徑往中堂上走可可的撞見高太公太公罵道你那個蠻皮畜生怎麼不去尋人又回來做甚高才放下包傘道上告主人公

得知小人纔行出街口忽撞見兩個和尚一個騎馬一個挑擔他扯住我不放問我那里去我再三不曾與他說及他纏得没奈何不得脫手遂將主人公的事情一一說與他知他却十分懽喜要與我們拿那妖怪哩高老道是那里來的高才道他說是東土駕下差來的御弟聖僧前往西天拜佛求經的太公道既是遠來的和尚怕不真有些手段他如今在那里高才道見在門外等候那太公即忙換了衣服與高才出來迎接叫聲長老三藏聽見急轉身早已到了面前那老者戴一頂烏綾巾穿一領葱白蜀錦衣踏一雙糙米皮的犢子靴繫一條黑綠縧子出來笑語

相迎便叫二位長老作揖了三藏還了禮行者站着不動那老者見他相貌兇醜便就不敢與他作揖行者道怎麽不唱老孫喏那老兒有幾分害怕叫高才道你這小厮却不弄殺我也家裏現有一個醜頭怪腦的女婿打發不開怎麽又引這個雷公來害我行者道老高你空長了許大年紀還不省事若專以相貌取人乾淨錯了我老孫醜自醜却有些本事替你家擒得妖精捉得鬼魅拿住你那女婿還了你女兒便是好事何必諄諄以相貌爲言太公見說戰兢兢的只得強打精神叫聲請進這行者見請纔牵了白馬教高才挑着行李與三藏進去他也不管好歹就

把馬拴在廠廳柱上扯過一張退光漆交椅叫三藏坐下他又扯過一張椅子坐在傍邊那高老道這個小長老倒也家懷行者道你若肯留我住得半年還家懷哩坐定高老問道適間小价說二位長老是東土來的三藏道便是貧僧奉朝命往西天拜佛求經因過寶莊特借一宿明日早行高老道二位原是借宿的怎麼說會拿妖行者道因是借宿順便拿幾個妖兒耍耍的動問府上有多少妖怪高老道天那還喫得有多少哩只這一個怪女婿也被他磨慌了行者道你把那妖怪的始末有多大手段從頭兒說說我聽我好替你拿他高老道我們這莊上自古

今也不曉得有甚麽鬼祟魍魎邪魔作耗只是老拙不幸不曾有子止生三個女兒大的喚名香蘭第二的名玉蘭第三的名翠蘭那二個從小兒配與本莊人家止有小的個要招個女婿指望他與我同家過活做個養老女婿撑門抵戶做活當差不期三年前有一個漢子模樣兒倒也精致他說是福陵山上人家姓猪上無父母下無兄弟願與人家做個女婿我老拙見是這般一個無羈無絆的人就招了他一進門時倒也勤謹耕田耙地不用牛具收割用木不用刀杖昏去明來其實也好只是一件有些會變嘴臉行者道怎麽樣變高老道初來時是一條黑胖漢後

來就變做一個長嘴大耳躲的獃子。腦後又有一溜鬃毛。
身體麤糙怕人。頭臉就象個豬的模樣。食膓却又甚大。一
頓要喫三五斗米飯。早間點心。也得百十個燒餅纔勾。喜
得還喫齋素。若再喫葷酒。便是老拙這些家業田產之類。
不上半年就喫個罄淨。三藏道。只因他做得。所以喫得高
老道。喫還是件小事。他如今又會弄風。雲來霧去。走石飛
沙。諕得我一家幷左鄰右舍。俱不得安生。又把那翠蘭小
女關在後宅子裏。一發半年也不會見面。更不知死活如
何。因此知他是個妖怪。要請個法師與他去退退。行者
道。這個何難。老兒你管放心。今夜管情與你拿住。教他寫

個退親文書還你女兒如何高老大喜道我爲招了他不打緊壞了我多少清名跌了我多少親眷但得拿住他要甚麼文書就煩與我除了根罷行者道容易容易入夜之時就見好歹老兒十分懽喜纔教展抹桌椅擺列齋供齋罷將晚老兒問道要甚兵器要多少人隨趂早好備行者道兵器我自有老兒道二位只是那根錫杖錫杖怎麼打得妖精行者隨於耳內取出一個繡花針來捻在手中迎風幌了一幌就是碗來麤細的一根金箍鐵棒對着高老道你看這條棍子比你家兵器如何可打得這妖否高老又道既有兵器可要人跟行者道我不用人只是要幾個

年高有德的老兒陪我師父清坐閑叙我好撇他而去等我把那妖精拿來對衆取供替你除了根罷那老兒卽喚家僮請了幾個親故朋友一時都到相見已畢行者道師父你放心穩坐老孫去也你看他揝着鐵棒扯着高老道你引我去後宅子裏妖精的住處看看高老遂引他到後宅門首行者道你去取鑰匙來高老道你且看看若是用得鑰匙却不請你了行者笑道你那老兒年紀雖大却不識耍我把這話兒哄你一哄你就當眞走上前摸了一摸原來是銅汁灌的鎖子狠得他將金箍棒一搗搗開門扇道老高你去叫你女兒一聲看他可在裏面那老兒硬着

膽叫道三姐姐那女兒認得是他父親的聲音纔少氣無力的應了一聲道爹爹我在這里哩行者閃金睛向黑影裏仔細看時你道他怎生模樣但見那

雲鬢亂堆無掠玉容未洗塵淄一片蘭心依舊十分嬌態傾頹櫻脣全無氣血腰肢屈屈偎偎愁慼慼蛾眉淡瘦怯怯語聲低

他走來看見高老一把扯住抱頭大哭行者道且莫哭且莫哭我問你妖怪往那里去了女子道不知往那里去這些時天明就去入夜方來雲雲霧霧往回不知何所因是曉得父親要祓退他他也常常防備故此昏來朝去行者

道不消說了。老兒你帶令愛往前邊宅裏慢慢的敘濶。讓老孫在此等他。他若不來。你却莫怪他。若來了。定與你剪草除根。那老高懽懽喜喜的把女兒帶將前去。行者却弄神通。搖身一變。變得就如那女子一般。獨自個坐在房裏。等那妖精。不多時。一陣風來。真個是走石飛沙。好風。

起初時微微蕩蕩。向後來渺渺茫茫。微微蕩蕩乾坤大。渺渺茫茫無阻礙。凋花折柳勝揌麻。倒樹摧林如拔菜。翻江攪海鬼神愁。裂石崩山天地怪。啣花麋鹿失來踪。摘果猿猴迷在外。七層鐵塔侵佛頭。八面幢幡傷寶蓋。金梁玉柱起根搖。房上瓦飛如燕塊。舉棹稍公許愿心。

開船忙把猪羊賽當坊土地棄祠堂四海龍王朝上拜海邊撞損夜叉船長城刮倒半邊塞那陣狂風過處只見半空裏來了一個妖精果然生得醜陋黑臉短毛長喙大耳穿一領青不青藍不藍的梭布直裰繫一條花布手巾行者暗笑道原來是這個買賣好行者卻不迎他也不問他且睡在床上推病口裏哼哼嘖嘖的不絕那怪不識真假走進房一把摟住就要親嘴行者暗笑道真個要來弄老孫哩卽使個拿法托着那怪的長嘴叫做個小跌漫頭一料撲的摜下床來那怪爬起來扶着床邊道姐姐你怎麼今日有些怪我想是我來得遲了

行者道不怪不怪那妖道既不怪我怎麽就丟我這一跌行者道你怎麽就這等樣小家子就摟我親嘴我因今日有些不自在若每常好時便起來開門等你了你可脱了衣服睡是那怪不解其意真個就去脱衣行者跳起來坐在淨桶上那怪依舊復來床上摸一把摸不着人叫道姐姐你往那裏去了請脱衣服睡罷行者道你先睡等我出個恭來那怪果先解衣上床行者忽然嘆口氣道聲造化低了那怪道你惱怎的造化怎麽得低的我得到了你家雖是喫了些茶飯却也不曾白喫你的我也曾替你家掃地通溝搬磚運瓦築土打牆耕田耙地種麥插秧創家立

業如今你身上穿的錦戴的金四時有花果觀翫八節有[illegible]
疏菜烹煎你還有那些兒不趁心處這般短嘆長吁[illegible]
麼造化低了行者道不是這等說今日我的父母隔着牆
丟磚料瓦的甚麼打我罵我哩那妖道他打罵你怎的行
者道他說我和你做了夫妻你是他門下一個女婿全沒
些兒禮體這樣個醜嘴臉的人又會不得姨夫又見不得
親戚又不知你雲來霧去的端的一那里人家姓甚名誰
敗壞他清德玷辱他門風故此這般打罵所以煩惱那妖
道我雖是有些兒醜陋若要俊却也不難我一來時曾與
他講過他願意方纔招我今日怎麼又說起這話我家住

在福陵山雲棧洞我以相貌爲姓故姓猪官名叫做猪剛鬣他若再來問你你就以此話與他說便了行者暗喜道那妖却也老實不用動刑就供得這等明白既有了地方姓名不管怎的也拿住他行者道他要請法師來拿你哩那妖笑道睡着睡着莫睬他我有天罡數的變化九齒的釘鈀怕甚麽法師和尚道士就是你老子有虔心請下九天蕩魔祖師下界我也曾與他做過相識他也不敢怎的我行者道他說請一個五百年前大鬧天宮姓孫的齊天大聖要來拿你哩那妖聞得這個名頭就有三分害怕道既是這等說我去了罷兩口子做不成了行者道你怎的

就去那妖道你不知道那鬧天宮的弼馬温有些本事只恐我弄他不過低了名頭不象模樣他套上衣服開了門往外就走被行者一把扯住將自巳臉上抹了一抹現出原身喝道好妖怪那里走你擡頭看看我是那個那怪轉過眼來看見行者咨牙倈嘴火眼金睛磕頭毛臉就是個活雷公相似慌得他手麻脚軟劃剌的一聲掙破了衣服化狂風脫身而去行者急上前掣鐵棒望風打了一下那怪化萬道火光徑轉本山而去行者駕雲隨後趕來叫聲那里走你若上天我就趕到斗牛宮你若入地我就追至枉死獄喫

畢竟不知這一去。趕至何方。有何勝敗。且聽下回分解。

總批

眞是一對好夫妻。畢竟老婆強似老公。大抵今日天下。就有老豬做老公。還有老孫來做老婆降伏他。如何好不怕老婆。如何好不怕老婆。

行者粧女兒處。尚少描畫。若能設身做出夫妻模樣。更當令人絕倒。

第十九回

雲棧洞悟空收八戒　浮屠山玄奘受心經

却說那怪的火光前走這大聖的彩霧隨跟正行處忽見一座高山那怪把紅光結聚現了本相撞入洞內取出一柄九齒釘鈀來戰行者喝一聲道潑怪你是那裏來的邪魔怎麽知道我老孫的名號你有甚麽本事實實供來饒你性命那怪道是你也不知我的手段上前來站穩着我說與你聽我

自小生來心性拙貪閑愛懶無休歇不曾養性與修眞
混沌迷心熬日月忽朝閑裏遇眞仙就把寒溫坐下說

勸我回心莫墮凡傷生造下無邊業有朝大限命終時
八難三途悔不喋聽言意轉要修行聞語心回求妙訣
有緣立地拜爲師指示天關並地闕得傳九轉大還丹
工夫晝夜無時輟上至頂門泥丸宮下至脚板湧泉穴
周流腎水入華池丹田補得溫溫熱嬰兒姹女配陰陽
鉛汞相投分日月離龍坎虎用調和靈龜吸盡金烏血
三花聚頂得歸根五氣朝元通透徹功圓行滿却飛昇
天仙對對來迎接朗然足下彩雲生身輕體健朝金闕
玉皇設宴會群仙各分品級排班列勑封元帥管天河
總督水兵稱將節只因王母會蟠桃開宴瑤池邀衆客

那時酒醉意昏沉，東倒西歪亂撒潑，逞雄撞入廣寒宮。
風流仙子來相接，見他容貌挾人魂，舊日凡心難得滅。
全無上下失尊卑，扯住嫦娥要陪歇，再三再四不依從。
東躲西藏心不悅，色膽如天叫似雷，險些震倒天關闕。
糾察靈官奏玉皇，那日吾當命運拙，廣寒圍困不通風。
進退無門難得脫，却被諸神拿住我，酒在心頭還不怯。
押赴靈霄見玉皇，依律問成該處決，多虧太白李金星。
出班俯顖親言說，改刑重責二千鎚，肉綻皮開骨將拆。
放生遭貶出天關，福陵山下圖家業，我因有罪錯投胎。
俗名喚做猪剛鬣。

行者聞言道你這廝原來是天蓬水神下界怪道知我老孫名號那妖道聲喂你這誑上的弼馬溫當年撞那禍時不知帶累我等多少今日又來此欺人不要無禮喫我一鈀行者怎肯容情舉起棒當頭就打他兩個在那半山之中黑夜裏賭鬪好殺

行者金睛似閃電妖魔環眼似銀花這一個口噴彩霧那一個氣吐紅霞氣吐紅霞昏處亮口噴彩霧夜光華金箍棒九齒鈀兩個英雄實可誇一個是大聖臨凡世一個是元帥降天涯那個因失威儀成怪物這個幸逃苦難拜僧家鈀去好似龍伸爪棒迎渾若鳳穿花那個

道你破人親事如殺父這個道你强姦幼女正該拿問言語亂喧譁往往來來棒架鈀看看戰到天將曉那妖精兩膊覺酸麻

他兩個自二更時分直戰到東方發白那怪不能迎敵敗陣而逃依然又化狂風徑回洞內把門緊閉再不出頭行者在這洞門外看有一座石碣上書雲棧洞三字見那怪不出天又大明心却思量恐師父等候且回去見他一見再來捉此怪不遲隨踏雲點一點早到高老莊却說三藏與那諸老談今論古一夜無眠正想行者不來只見天井裏忽然站下行者行者收藏鐵棒整衣上廳叫道師父我

來了慌得那諸老一齊下拜謝道多勞多勞三藏問道悟
空你去這一夜拿得妖精在那里行者道師父那妖不是
凡間的邪祟也不是山間的怪獸他本是天蓬元帥臨凡
只因錯投了胎嘴臉像一個野猪模樣其實靈性尚存他
說以相爲姓喚名猪剛鬣是老孫從後宅裏掣棒就打他
化一陣狂風走了被老孫着風一棒他就化道火光徑轉
他那本山洞內取出一柄九齒釘鈀與老孫戰了一夜他
適纔天將明怯戰而走把洞門緊閉不出老孫還要打開
那門與他見個好歹恐師父在此疑慮盼望故先來回個
信息說罷那老高上前跪下道長老沒及奈何你雖趕得

去了他等你去後復來却怎區處索性與你與我拿住除了根纔無後患我老夫不敢怠慢自有重謝將這家財田地憑衆親友寫立文書與長老平分只是要剪艸除根莫教壞了我高門清德行者笑道你這老兒不知分限那妖也曾對我說他雖是食腸大喫了你家些茶飯他與你幹了許多好事這幾年掙了許多家貲皆是他之力量他不曾白喫了你東西問你袪他怎的據他說原是一個天神下界替你巴家做活又未曾害了你家女兒想這等一個女婿也門當戶對不怎麼壞了家聲辱了行止當真的留他也罷老高道長老雖是不傷風化但名聲不甚好聽動

不動着人就說高家招了一個妖娙女婿這句話兒教人怎當三藏道悟空你既是與他做了一塲一發與他做個决絶纔見始終行者道我纔試他一試耍子此去一定拿來與你們看且莫憂愁叫老高你還好生管待我師父我去也說聲去就無形無影的跳到他那山上來到洞口一頓鐵棒把兩扇門打得粉碎口裏罵道那饢糠的夯貨快出來與老孫打麼那娙正喘虛虛的睡在洞內聽見打得門响又聽見罵饢糠的夯貨他却惱怒難禁只得拖着鈀抖擻精神跑將出來厲聲罵道你這個弼馬溫着實憊懶與你有甚相干你把我大門打破你且去看看律條打進

大門而入。該個雜犯死罪哩。行者笑道這個獃子。我就打了大門還有個辨處、象你強占人家女子、又沒個三媒六証。又無些茶紅酒禮該問個真犯斬罪哩。那獃道且休閑講。看老猪這鈀。行者使棒支住道、你這鈀可是與高老家做園工築地種菜的。有何好處怕你。那獃道你錯認了。這鈀豈是凡間之物。你且聽我道來

此是煅煉神氷鉄。磨琢成工光皎潔。老君自己動鈐鎚
熒惑親身添炭屑。五方五帝用心機。六丁六甲費周折
造成九齒玉垂牙。鑄就雙環金墜葉。身粧六曜排五星。
體按四時依八節。短長上下定乾坤。左右陰陽分日月、

六爻神將按天條八卦星辰依次列名爲上寶沁金鈀
進與玉皇鎮丹闕因我修成大羅仙爲吾養就長生客
勑封元帥號天蓬欽賜釘鈀爲御節舉起烈焰并毫光
落下猛風飄瑞雪天曹神將盡皆驚地府閻羅心膽怯
人間那有這般兵世上更無此等鐵隨身變化可心懷
任意翻騰依口訣相携數載未曾離伴我幾年無日別
日食三飡並不丟夜眠一宿渾無撇也曾佩去赴蟠桃
也曾帶他朝帝闕皆因仗酒却行兇只爲倚強便撒潑
上天貶我降凡塵下世儘我作罪業石洞心邪曾吃人
高莊情重婚姻結這鈀下海掀翻龍住窩上山抓碎虎狼

穴諸般兵刃且休題權有吾當鈀最切相持取勝有何
難賭鬪求功不用說何怕你銅頭鐵腦一身鋼鈀到魂
消神氣泄
行者聞言收了鐵棒道獃子不要說嘴老孫把這頭伸在
那裡你且築一下兒看可能魂消氣泄那怪真個舉起鈀
着氣力築將來撲的一下鑽起鈀的火光焰焰更不曾築
動一些兒頭皮諕得他手麻腳軟道聲好頭好頭行者道
你是也不知老孫因為鬧天宮偷了仙丹盜了蟠桃竊了
御酒被小聖二郎擒住押在斗牛宮前衆天神把老孫斧
剁鎚敲刀砍劍刺火燒雷打也不曾損動分毫又被那太

上老君拿了我去放在八卦爐中將神火煅鍊鍊做個火
眼金睛銅頭鐵臂不信你再築幾下看看疼與不疼豬怪
道你這猴子我記得你鬧天宮時家住在東勝神洲傲來
國花果山水簾洞裡到如今久不聞名你怎麼來到這里
上門子欺我莫敢是我丈人去那里請你來的行者道你
丈人不曾去請我因是老孫改邪歸正棄道從僧保護一
個東土大唐駕下御弟叫做三藏法師往西天拜佛求經
路過高莊借宿那高老兒因話說起就請我救他女兒拿
你這饢糠的夯貨那怪一聞此言丟了釘鈀唱個大喏道
那取經人在那里累煩你引見引見行者道你要見他怎

的那怪道我本是觀世音菩薩勸善受了他的戒行這里持齋把素教我跟隨那取經人往西天拜佛求經將功折罪還得正果教我等他這幾年不聞消息今日既是你與他做了徒弟何不早說取經之事只倚兇強上門打我行者道你莫詭詐欺心軟我欲為脫身之計果然是要保護唐僧略無虛假你可朝天發誓我纔帶你去見我師父那怪撲的跪下望空似搗碓的一般只管磕頭道阿彌陀佛南無佛我若不是真心實意還叫我犯了天條劈屍萬段行者見他賭咒發願道既然如此你點把火來燒了你這住處我方帶你去那怪真個撇些蘆葦荊棘點着一把火

將那雲棧洞燒得相個破瓦窰對行者道我今(着眼)已無掛礙了你却引我去罷行者道你把釘鈀與我拿着那怪就把鈀遞與行者行者又拔了一根毫毛吹口仙氣叫變即變做一條三股麻繩走過來把手背綁剪了那怪眞個倒背着手憑他怎麽綁縛却又揪着耳躲拉着他叫快走快走那怪道輕着些兒你的手重揪得我耳根子疼行者道輕不成顧你不得常言道善猪(趣)惡拿只等見了我師父果有眞心方纔放你他兩個半雲半霧的徑轉高家庄來有詩爲証

金性剛强能尅木心猿降得木龍歸金從木順皆爲一

木戀金仁總發揮一主一賓無間隔三交三合有玄微
性情並喜貞元聚同證西方話不違

頃刻間到了庄前行者揪着他的鈀揪着他的耳道你看那廳堂上端坐的是誰乃吾師也那高氏諸親友與老高忽見行者把那怪背綁揪耳而來一個個欣然迎到天井中道聲長老長老他正是我家的女婿那怪走上前雙膝跪下背着手對三藏叩頭高叫道師父弟子失迎早知是師父住在我丈人家我就來拜接怎麼又受到許多周折三藏道悟空你怎麼降得他來拜我行者纔放了手拿釘鈀柄兒打着喝道獃子你說麼那怪把菩薩勸善事情細

陳了一遍三藏大喜便叫高太公取個香案用用老高即忙擡出香案三藏淨了手焚香望南禮拜道多蒙菩薩聖恩那幾個老兒也一齊添香禮拜拜罷三藏上廳高坐教悟空放了他繩行者纔把身抖了一抖收上身來其縛自解那怪從新禮拜三藏願隨西去又與行者拜了以先進者爲兄遂稱行者爲師兄三藏道既從吾善果要做徒弟我與你起個法名早晚好呼喚他道師父我是菩薩已與我摩頂受戒起了法名叫做豬悟能也三藏笑道好好你師兄叫做悟空你叫做悟能其實是我法門中的宗派悟能道師父我受了菩薩戒行斷了五葷三厭在我丈人家

持齋把素更不曾動葷（難道高老女兒是妻的）今日見了師父我開了齋罷三藏
道不可不可你既是不吃五葷三厭我再與你起個別名
喚為八戒那獃子歡歡喜喜道謹遵師命因此又叫做猪
八戒高老見這等去邪歸正更十分喜悅遂命家僮安排（趣）
筵宴酬謝唐僧八戒上前扯住老高道爺請我拙荊出來
拜見公公伯伯如何行者笑道賢弟你既入了沙門做了
和尚從今後再莫題起那拙荊的話說世間只有個火居
道士那里有個火居的和尚（火居和尚徧地皆是）我們且來叙了坐次吃頓齋
飯赶早兒徃西天走路高老兒擺了卓席請三藏上坐行
者與八戒坐于左右兩傍諸親下坐高老把素酒開樽滿

斟一盃奠了天地然後奉與三藏三藏道不瞞太公說貧
僧是胎裡素自幼兒不吃葷老高道因知老師清素不曾
敢動葷此酒也是素的請一杯不妨三藏道也不敢用酒
酒是我僧家第一戒者悟能慌了道師父我自持齋卻不
曾斷酒悟空道老孫雖量窄吃不上壜把卻也不曾斷酒
三藏道既如此你兄弟們吃些素酒也罷只是不許醉飲
悞事遂而他兩個接了頭鍾各人俱照舊坐下擺下素齋
說不盡那杯盤之盛品物之豐師徒們燕罷老高將一紅
漆丹盤拿出二百兩散碎金銀奉三位長老為途中之費
又將三領綿布褊衫為上蓋之衣三藏道我們是行腳僧

遇店化飯逢處求齋怎敢受金銀財帛行者近前輪開手抓了一把叫高才昨日累你引我師父今日招了一個徒弟無物謝你把這些碎金碎銀權作帶領錢拿了去買艸鞋穿以後但有妖精多作成我幾個還有謝你處哩高才接了叩頭謝賞老高又道師父們既不受金銀望將這粗衣笑納聊表寸心三藏又道我出家人若受了一絲之賄千劫難修只是把席上吃不了的餅果帶些去做乾糧足矣八戒在傍邊道師父師兄你們不要便罷我與他家做了這幾年女婿就是掛腳糧也該三石哩丈人呵我的直裰昨晚被師兄扯破了與我一件青錦袈裟鞋子綻了與

我一雙好新鞋子高老聞言不敢不與隨買一雙新鞋將
一領褊衫換下舊時衣物那八戒搖搖擺擺對高老唱個
喏道上覆丈母大姨二姨並姨夫姑舅諸親我今日去做
和尚了不及面辭休怪丈人呵你還好生看待我渾家只
怕我們取不成經時好來還俗照舊與你做女婿過活行
者喝道夯貨却莫胡說八戒道哥呵不是胡說只恐一時
間有些兒差池却不是和尚悞了做老婆悞了娶兩下裡
都耽閣了三藏道少題閑話我們赶早兒去來遂此收拾
了一担行李八戒担着背了白馬三藏騎着行者肩擔鐵
棒前面引路一行三衆辭別高老及衆親友投西而去有

詩爲証

滿地煙霞樹色高唐朝佛子苦勞勞饑飱一鉢千家飯寒着千針一衲袍意馬胸頭休放蕩心猿乖劣莫教嚎情和性定諸緣合月滿金華是伐毛

三衆進西路途有個月平穩行過了烏斯庄界猛擡頭見一座高山三藏停鞭勒馬道悟空悟能前面山高須索仔細仔細八戒道沒事這山喚做浮屠山山中有一個烏巢禪師在此修行老猪也曾會他三藏道他有些甚麼勾當八戒道他倒也有些道行他曾勸我跟他修行我不曾去罷了師徒們說着話不多時到了山上好山但見那

山南有青松碧檜。山北有綠柳紅桃。鬧聒聒山禽對語。舞翩翩仙鶴齊飛。香馥馥諸花千樣色。青冉冉襍艸萬般奇。澗下有滔滔綠水。崖前有朶朶祥雲。是眞個景致非常幽雅處、寂然不見往來人。

那師父在馬上。遥觀見香檜樹前。有一柴艸窩。左邊有麋鹿啣花。右邊有山猴獻果。樹梢頭有青鸞彩鳳齊鳴。玄鶴錦雞咸集。八戒指道那不是烏巢禪師、三藏縱馬加鞭。直至樹下。却說那禪師。見他三衆前來。即便離了巢穴。跳下樹來。三藏下馬奉拜那禪師用手攙道。聖僧請起。失迎失迎。八戒道。老禪師作揖了。禪師驚問道。你是福陵山。猪剛氣怎麽有此大緣，得與聖僧同行。八戒道，前年蒙觀音菩薩勸善，願隨他做個徒弟。禪師大喜道，好好好。又指定行者問道，此位是誰。行者笑道，這老禪怎麽認得他，倒不認得我。禪師道，因少識耳。三藏道，他是我的大徒弟孫悟空。禪師陪笑道，欠禮欠禮。三藏再拜，請問西天大雷音寺還在那里。禪師道，遠哩遠哩。只是路多虎豹難行。三藏慇懃致意，再問路途果有多遠。禪師道，路途雖遠，終須有到之日。却只是魔瘴難消。我有多心經一卷，凡五十四句，共計二百七十字。若遇魔障之處，但念此經，自無傷害。三藏拜伏于地懇求。那禪師遂口誦傳之。經云，

着眼

摩訶般若波羅蜜多心經觀自在菩薩行深般若波羅
蜜多時照見五蘊皆空度一切苦厄舍利子色不異空
空不異色色即是空空即是色受相行識亦復如是舍
利子是諸法空相不生不滅不垢不淨不增不減是故
空中無色無受相行識無眼耳鼻舌身意無色聲香味
觸法無眼界乃至無意識界無無明亦無無明盡乃至
無老死亦無老死盡無苦寂滅道無智亦無得以無所
得故菩提薩埵依般若波羅蜜多故心無罣礙無罣礙
故無有恐怖遠離顛倒夢想究竟涅槃三世諸佛依般
若波羅蜜多故得阿耨多羅三藐三菩提故知般若波

羅蜜多是大神咒是大明咒是無上咒是無等等咒能除一切苦真實不虛故說般若波羅蜜多咒即說咒曰

揭諦揭諦波羅揭諦波羅僧揭諦菩提薩婆訶

此時唐朝法師本有根源耳聞一遍多心經即能記憶至今傳世此乃修真之總經作佛之會門也那禪師傳了經文踏雲光要上烏巢而去被三藏又扯住奉告定要問個西去的路程端的那禪師笑云

道路不難行試聽我分付千山千水深多瘴多魔處若遇接天崖放心休恐怖行來摩耳巖側着腳蹤步仔細黑松林妖狐多截路精靈滿國城魔主盈山住老虎坐

琴堂蒼狼爲主簿獅象盡稱王虎豹皆作御野猪挑担
子水怪前頭遇多年老石猴那里懷嗔怒你問那相識
他知西去路
行者聞言冷笑道我們去不必問他問我（着眼）便了三藏還不
解其意那禪師化作金光徑上烏巢而去長老往上拜謝
行者心中大怒舉鐵棒望上亂搗只見蓮花生萬朵祥霧
護千層行者縱有攪海翻江力莫想挽着烏巢一縷籐三
藏見了扯住行者道悟空這樣一個菩薩你搗他窩巢怎
的行者道他罵了我兄弟兩個一塲去了三藏道他講的
西天路徑何嘗罵你行者道你那里曉得他說野猪挑担

子是罵的八戒多年老石猴是罵的老孫你怎麼解得此
意八戒道師兄息怒這禪師也曉得過去未來之事但看
他水怪前頭遇這句話不知驗否饒他去罷行者見蓮花
祥霧近那巢邊只得請師父上馬下山往西而去那一去

管教清福人間少　致使災魔山裡多

畢竟不知前程端的如何且聽下回分解

總批

遊戲之中暗傳密諦學者着意心經方不枉讀西遊
一記孤負了作者婆心不然寶山空手亦付之無可
奈何而已○凡讀書俱要如此豈特西遊一記已也

第二十回

黄風嶺唐僧有難　半山中八戒爭先

法本從心生。還是從心滅。生滅盡繇誰。請君自辨別。既然皆已心。何用別人說。只須下苦功。扭出鐵中血。絨繩着鼻穿。挽定虛空結。拴在無爲樹。不使他顛劣。莫認賊爲子。心法都忘絕。休教他瞞我。一拳先打徹。現心亦無心。現法法也輟。人牛不見時。碧天光皎潔。秋月一般圓。彼此難分別。

這一篇偈子。乃是玄奘法師悟徹了多心經。打開了門戶。那長老常念常存。一點靈光自透。且說他三衆在路。飡風

宿水帶月披星早又至夏景炎天但見那

花盡蝶無情叙樹高蟬有聲喧野蠶成繭火榴妍沼內新荷出現

那日正行時忽然天晚又見山路傍邊有一村舍三藏道悟空你看那日落西山藏火鏡月升東海現氷輪幸而道傍有一人家我們且借宿一宵明日再走八戒道說得是我老猪也有些餓了且到人家化些齋喫有力氣好挑行李行者道這個戀家鬼你離了家幾日就生報怨八戒道哥阿比不得你這喝風呵烟的人我從跟了師父這幾日長忍半肚饑你可曉得（○○○着○眼○○）三藏聞之道悟能你若是在家心

這時不要個出家的了，你還回去罷。那獃子慌得跪下道：「師父，你莫聽師兄之言，他有些贓埋人。我不曾報怨甚的，他就說我報怨。我是個直腸的癡漢，說道肚內饑了，好尋個人家化齋，他就罵我是戀家鬼。師父呵，我受了菩薩的戒行，又承師父憐憫，情願要伏侍師父往西天去，誓無退悔。這叫做恨苦修行，怎的說不是出家的話？」三藏道：「既是如此，你且起來。」那獃子縱身跳起，口裏絮絮叨叨的，挑着擔子，只得死心塌地，跟着前來。早到了路傍人家門首，三藏下馬，行者接了韁繩，八戒歇了行李，都佇立綠陰之下。三藏拄着九環錫杖，按按藤纏篾織斗蓬，先奔門前，只見

一老者斜倚竹床之上口裏嚶嚶的念佛三藏不敢高言
慢慢的叫一聲施主問訊了那老者一轂轆跳將起來忙
斂衣襟出門還禮道長老失迎你自那方來的到我寒門
何故三藏道貧僧是東土大唐和尚奉聖旨上雷音寺拜
佛求經適至寶方天晚意投檀府告借一宵萬祈方便方
便那老兒擺手搖頭道去不得西天難取經要取經往東
天去罷三藏口中不語意下沉吟菩薩指道西去怎麼此
老說往東行東邊那得有經腼覥難言半晌不答卻說行
者素性凶頑忍不住上前高叫道那老兒你這們大年紀
全不曉事我出家人遠來借宿就把這厭鈍的話虎諕我

十分你家窄狹。沒處睡時。我們在樹底下。好道也坐一夜。
不打攪你。那老者扯住三藏道。師父。你倒不言語。你那個
徒弟那般拐子臉。别頦腮。雷公嘴。紅眼睛的。一個癆病魔
鬼。怎麽反沖撞我這年老之人。行者笑道。你這個老兒忒
也沒眼色。似那俊刮些兒的。叫做中看不中喫。想我老孫
雖小。頗結實。皮裹一團觔哩。那老者道。你想必有些手段。
行者道。不敢誇言。也將就看得過。老者道。你家居何處。因
甚事削髮爲僧。行者道。老孫祖貫東勝神洲海東傲來國。
花果山水簾洞居住。自小兒學做妖怪。稱名悟空。憑本事
掙了一個齊天大聖。只因不受天祿。大反天宮。惹了一場

災愆。如今脫難消災。轉拜沙門。前求正果。保我這唐朝駕
下的師父。上西天拜佛。走遭怕甚麼山高路險。水濶波狂。
我老孫也捉得妖降得魔。伏虎擒龍。踢天弄井。都曉得些
兒。倘若府上有甚麼丟磚打瓦。鍋叫門開。老孫便能安鎮。
那老兒聽得這篇言語。哈哈笑道。原來是個㩴頭化緣的
熟嘴兒和尚。行者道。你兒子便是熟嘴。我這些時只因跟
我師父走路辛苦。還懶說話哩。那老兒道。若是你不辛苦
不懶說話。好道活活的聒殺我。你既有這樣手段。西方也
還去得。去得。你一行幾衆。請至茅舍裏安宿。三藏道。多蒙
老施主不叱之恩。我一行三衆。老者道。那一衆在那里。行

者指着道這老兒眼花那綠陰下站的不是老兒果然眼花忽擡頭細看一見八戒這般嘴臉就諕得一步一跌往屋裏亂跑只叫關門關門妖怪來了行者赶上扯住道老兒莫怕他不是妖怪是我師弟老者戰兢兢的道好好一個醜似一個的和尚八戒上前道老官兒你若以相貌取人乾淨差了我們醜自醜却都有用那老者正在門前與三個和尚相講只見那莊南邊有兩個少年人帶着一個老媽媽三四個小男女斂衣赤脚揷秧而回他看見一匹白馬一擔行李都在他家門首諠譁不知是甚來歷都一擁上前問道做甚麽的八戒調過頭來。把耳朵擺了幾擺長嘴伸了一伸唬得那些人東倒西歪亂蹡亂跌慌得那三藏滿口招呼道莫怕莫怕我們不是歹人我們是取經的和尚那老兒纔出了門攙着媽媽道婆婆起來少要驚恐這師父是唐朝來的只是他徒弟臉嘴醜些卻也山惡人善帶男女們家去那媽媽纔扯着老兒二少年領着兒女進去三藏卻坐在他門樓裏竹床之上埋怨道徒弟呀你兩個相貌既醜言語又麄把這一家兒唬得七損八傷都替我身造罪哩八戒道不瞞師父說老豬自從跟了你這些時俊了許多哩若象往常在高老莊時把嘴朝前一掬把耳兩頭一擺常唬殺二三十人哩行者笑道獃子

不要亂說把那醜也收拾起些三藏道你看悟空說的話
相貌是生成的你教他怎麼收拾行者道把那個耙子嘴
揣在懷裏莫拿出來把那蒲扇耳貼在後面不要搖動這
就是收拾了那八戒真個把嘴揣了把耳貼了拱着頭立
於左右行者將行李拿入門裏將白馬拴在椿上只見那
老兒纔引個少年拿一個板盤兒托三盃清茶來獻茶罷
又分付辦齋那少年又拿一張有窟窿無漆水的舊桌端
兩條破頭折脚的凳子放在天井中請三衆涼處下坐下
三藏方問道老施主高姓老者道在下姓王有幾位令嗣
道有兩個小兒三個小孫三藏道恭喜恭喜又問年壽幾

何道癡長六十一歲行者道好好好花甲重逢矣三藏復問道老施主始初說西天經難取者何也老者道經非難取只是道中艱澁難行我們這向西去只有三十里遠近有一座山叫做八百里黃風嶺那山中多有妖怪故有難取者此也若論此位小長老說有許多手段却也去得行者道不妨不妨有了老孫與我這師父任他是甚麼妖怪不敢惹我正說處又見兒子拿將飯來擺在桌上道聲請齋三藏就合掌諷起齋經八戒早已吞了一碗長老的幾句經還未了那獃子又喫勾三碗行者道這個饢糠好道撞着餓鬼了那老王倒也知趣見他喫得快道這個長老

想着實餓了快添飯來那獃子真個食腸大看他不擡頭
一連就喫有十數碗三藏行者俱各喫不尚兩碗獃子不
住便還喫哩老王道倉卒無殽不敢苦勸請再進一筯三
藏行者俱道勾了八戒道老兒滴荅甚麼誰和你發課說
甚麼五爻六爻有飯只管添將來就是獃子一頓把他一
家子飯都喫得罄盡還只說纔得半飽却纔收了家火在
那門樓下安排了竹床板鋪睡下次日天曉行者去背馬
八戒去整擔老王又教媽媽整治些點心湯水管待三衆
方致謝告行老者道此去倘路間有甚不虞是必還來茅
舍行者道老兒莫說哈話我們出家人不走回頭路遂此

策馬挑擔西行。噫。這一去果無好路。朝西域定有邪魔降
大災。三衆前來。不上半日。果逢一座高山。說起來十分險
峻。三藏馬到臨崖。斜挑寶鐙觀看。果然那
高的是山。峻的是嶺。陡的是崖。深的是壑。響的是泉。鮮
的是花。那山高不高。頂上接青霄。這澗深不深。底中見
地府。山前面有骨都都白雲。屹嶝嶝怪石。說不盡千丈
萬丈挾魂崖。崖後有灣灣曲曲藏龍洞。洞中有叮叮噹
噹滴水巖。又見些丫丫叉叉帶角鹿。泥泥蚩蚩看人獐。
盤盤曲曲紅鱗蟒。耍耍頑頑白面猿。至晚巴山尋穴虎。
帶曉翻波出水龍。登的洞門吻喇喇響。艸裏飛禽撲轤

轤起林中走獸搠肆肆行猛然一陣狠蟲過赫得人心
乾蹬蹬驚正是那當倒洞當當倒洞洞當當倒洞當山
青岱染成千丈玉碧紗籠罩萬堆煙
那師父緩促銀驄孫大聖停雲慢步豬悟能磨擔徐行正
看那山忽聞得一陣旋風大作三藏在馬上心驚道悟空
風起了行者道風却怕他怎的此乃天家四時之氣有何
懼哉三藏道此風甚惡比那天風不同行者道怎見得不
比天風三藏道你看這風
巍巍蕩蕩颯飄飄渺渺茫茫出碧霄過嶺只聞千樹吼
入林但見萬竿搖岸邊柳連根動園內吹花帶葉飄

西遊記 第

收網漁舟皆緊纜治蓬客艇盡拋猫途半征夫迷失路
山中樵子擔難挑仙果林間猴子散奇花叢內鹿兒逃
崖前檜柏顆顆倒澗下松篁葉葉凋播土揚塵沙迸迸
翻江攪海浪濤濤

八戒上前一把扯住行者道師兄十分風大我們且躲一躲兒乾淨行者笑道兄弟不濟風大時就躲倘或親面撞見妖精怎的是好八戒道哥阿你不曾聞得避色如避讐避風如避箭哩我們躲一躲也不虧人行者道且莫言語等我把這風抓一把來聞一聞看八戒笑道師兄又扯空頭謊了風又好抓得過來聞就是抓得來便也鑽了去了

行者道兄弟你不知道老孫有個抓風之法好大聖讓過風頭把那風尾抓過來聞了一聞有些腥氣道果然不是好風這風的味道不是虎風定是怪風斷乎有些蹊蹺說不了只見山波下剪尾跑蹄跳出一隻那斑爛猛虎慌得那三藏坐不穩雕鞍翻根頭跌下白馬斜倚在路傍真個是魂飛魄散八戒丟了行李掣釘鈀不讓行者走上前大喝一聲道業畜那里走趕將去劈頭就築那隻虎直挺挺站將起來把那前左爪輪起摳住自家的胸膛往下一抓吻喇的一聲把個皮剝將下來站立道傍你看他怎生惡相咦那模樣

血津津的赤剝身軀紅媸媸的灣環腿足火焰焰的兩鬢蓬鬆硬搠搠的雙眉的豎白森森的四個鋼牙光耀耀的一雙金眼氣昂昂的努力大哮雄糾糾的厲聲高喊

喊道慢來慢來吾黨不是別人乃是黃風大王部下的前路先鋒今奉大王嚴命在山巡邏要拿幾個凡夫去做案酒你是那里來的和尚敢擅動兵器傷我八戒罵道我把你這個業畜你是認不得我我等不是那過路的凡夫乃東土大唐御弟三藏之弟子奉旨上西方拜佛求經者你早早的遠避他方讓開大路休驚了我師父饒你性命若

似前猖獗鈀舉處却不留情那妖精那容分說急退步弄一個架子望八戒劈臉來抓這八戒忙閃過輪鈀就築那怪手無兵器回身就走八戒隨後趕來那怪到了山坡下亂石叢中取出兩口赤銅刀急輪起轉身來迎兩個在這坡前一往一來一冲一撞的賭鬬那孫行者攙起唐僧道師父你莫害怕且坐住等老孫去助助八戒打倒那怪好走三藏纔坐將起來戰兢兢的口裏念着多心經不題那行者掣了鐵棒喝聲教拿了此時八戒抖擻精神那怪敗下陣去行者道莫饒他務要趕上他兩個輪釘鈀舉鐵棒趕下山來那怪慌了手脚使個金蟬脱殼計打個滚現了

原身依然是一隻猛虎行者與八戒那里肯捨趕着那虎定要除根那怪見他趕得至近却又摳着胸膛剝下皮來苫蓋在那卧虎石上脫真身化一陣狂風徑回路口路口上那師父正念多心經被他一把拿住駕長風攝將去了可憐那三藏呵江流註定多磨蟄寂滅門中功行難那怪把唐僧擒來洞口按住狂風對把門的道你去報大王說前路虎先鋒拿了一個和尚在門外聽令那洞主傳令教拿進來那虎先鋒腰撒着兩口赤銅刀雙手捧着唐僧上前跪下道大王小將不才蒙鈞令差山上巡邏忽遇一個和尚他是東土大唐駕下御弟三藏法師上西方拜佛求

經被我擒來奉上大王聊具一饌那洞主聞得此言唬了一驚道我聞得前者有人傳說三藏法師乃大唐奉旨意取經的神僧他手下有一個徒弟名喚孫行者神通廣大智力高強你怎麼能勾捉得他來先鋒道他有兩個徒弟先來的使一柄九齒釘鈀他生得嘴長耳大又一個使一根金箍鐵棒他生得火眼金睛正趕着小將爭持被小將使一個金蟬脫殼之計撤身得空把這和尚拿來奉獻大王聊表一飡之敬洞主道且莫喫他哩先鋒道大王見食不食呼爲劣蹶洞主道你不曉得喫了他不打緊只恐怕他那兩個徒弟上門吵鬧未爲穩便且把他綁在後園定風樁

上待三五日他兩個不來攪擾那時節一則圖他身子乾淨二來不動口舌却不任我們心意或煮或蒸或煎或炒慢慢的自在受用不遲先鋒大喜道大王深謀遠慮說得有理教小的們拿了去傍邊擁上七八個綁縛手將唐僧拿去好便似鷹拿燕雀索綁繩纏這的是苦命江流思行者遇難神僧想悟能道聲徒弟呵不知你在那山擒怪何處降精我却被魔頭拿來遭此毒害幾時再得相見好苦阿你們若早些兒來還救得我命若十分遲了斷然不能保矣一邊嗟嘆一邊淚落如雨却說那行者八戒趕那虎下山坡只見那虎跑倒了塌伏在崖前行者舉棒儘力一

下轉震得自己手疼。八戒復築了一鈀。亦將鈀齒迸起。原來是一張虎皮。蓋着一塊卧虎石。行者大驚道。不好了。不好了。中了他計也。八戒道。中他甚計。行者道。這個叫做金蟬脱殼計。他將虎皮蓋在此。他却走了。我們且回去看看師父。莫遭毒手。兩個急急轉來。早已不見了三藏。行者大叫如雷道。怎的好。師父已被他擒去了。八戒即便牽着馬。眼中滴淚道。天那天那。却往那里找尋。行者擡着跳道。莫哭莫哭。一哭就挫了銳氣。橫竪想只在此山。我們尋尋去來。他兩個果奔入山中。穿岡越嶺。行勾多時。只見那石崖之下。聳出一座洞府。兩人定步觀瞻。果然兇險。但見那。

疊嶂尖峰。迴巒古道。青松翠竹依依。綠柳碧梧冉冉。崖前有怪石雙雙。林內有幽禽對對。澗水遠流沖石壁。山泉細滴漫沙堤。野雲片片。瑤草芊芊。妖狐狡兔亂撺梭。角鹿香獐齊鬬勇。劈崖斜掛萬年籐。深壑半懸千歲栢。奕奕巍巍欺華嶽。閑花啼鳥賽天台。

行者道。賢弟。你可將行李歇在藏風山凹之間。撒放馬匹。不要出頭。等老孫去他門首。與他賭鬬。必須拿住妖精。方纔救得師父、八戒道。不消分付、請快去。行者整一整直裰。束一束虎裙。掣了棒。撞至門前。只見那門上有六箇大字。乃黃風嶺黃風洞。却便丁字脚站定。執着棒。高叫道。妖怪。

趂早兒送我師父出來省得掀翻了你窩巢躧平了你住處那小妖聞言一個個害怕戰兢兢的跑入裏面報道大王禍事了那黃風怪正坐間問有何事小妖道洞門外來了一個雷公嘴毛臉的和尚手持着一根碗口麤的鐵棒要他師父哩那洞主驚張即喚虎先鋒道我教你去巡山只該拿些山牛野彘肥鹿胡羊怎麼拿那唐僧來却惹他那徒弟來此閙炒怎生區處先鋒道大王放心穩便高枕勿憂小將不才願帶領五十個小校出去把那甚麼孫行者拿來湊喫洞主道我這里除了大小頭目還有五七百名小校憑你選擇領多少去只要拿住那行者我們纔自

自在在喫那和尚一塊肉情愿與你拜為兄弟但恐拿他不得返傷了你那時休得埋怨我也虎姪道放心放心等我去來果然點起五十名精壯小妖擂鼓摇旗撚兩口赤銅刀騰出門來厲聲高叫道你是那里來的猴和尚敢在此間大呼小叫的做甚行者罵道你這個剝皮的畜生你弄甚麼脫殻法兒把我師父攝了倒轉問我做甚趁早好好送我師父出來還饒你這個性命虎姪道你師父是我拿了要與我大王做頓下飯你識起倒回去罷不然拿住你一齊湊喫却不是買一個又饒一個行者聞言心中大怒扢迸迸鋼牙錯嚙滴流流火眼睜圓掣鐵棒喝道你有

多大手段敢說這等大話休走看棒那先鋒急持刀按住
這一場果然不善他兩個各顯威能好殺
那怪是個真鵝卵悟空是個鵝卵石赤銅刀架美猴王
渾如壘卵來擊石烏鵲怎與鳳凰爭鵓鴿敢和鷹鷂敵
那怪噴風灰滿山悟空吐霧雲迷日來往不禁三五回
先鋒腰軟全無力轉身敗了要逃生却被悟空抵死逼
那虎怪抵架不住回頭就走他原來在那洞主面前說了
嘴不敢回洞徑往山坡上逃生行者那里肯放執着棒趕
後趕來呼呼吼吼喊聲不絕却趕到那藏風山凹之間正
擡頭見八戒在那里放馬八戒忽聽見呼呼聲喊回頭觀

看乃是行者趕敗的虎妖，就丟了馬，舉起鈀剌斜着頭一築可憐那先鋒脫身要跳黃絲網，豈知又遇罟魚人，卻被八戒一鈀築得九個窟窿鮮血冒，一頭腦髓盡流乾，有詩爲証．

三二年前歸正宗，持齋把素悟真空，誠心要保唐三藏，
初秉沙門立此功

那獃子一一脚躧住他的脊背，兩手輪鈀又築，行者見了大喜道，兄弟正是這等，他領了幾十個小妖，敢與老孫賭鬬，彼我打敗了，他轉不往洞跑，卻跑來這里尋死，虧你接着不然又走了，八戒道弄風攝師父去的可是他，行者道，正

是正是八戒道你可曾問他師父的下落麽行者道這妖把師父拿在洞裏要與他甚麽鳥大王做下飯是老孫惱了就與他鬬將這里來却被你送了性命兄弟阿這個功勞算你的你可還守着馬與行李等我把這死妖拖了去再到那洞口索戰須是拿得那老妖方纔救得師父八戒道哥哥說得有理你去你去若是打敗了這老妖還趕將這里來等老猪截住殺他好行者一隻手提着鐵棒一隻手拖着死虎徑至他洞口正是

法師有難逢妖怪　情性相和伏亂魔

畢竟不知此去可降得妖怪救得唐僧且聽下回分解

高仕[illegible]

第二十一回

護法設莊留大聖　須彌靈吉定風魔

却說那五十個敗殘的小妖拿着些破旗破鼓撞入洞裏報道、大王虎先鋒戰不過那毛臉和尚被他赶下東山坡去了、老妖聞說十分煩惱正低頭不語默思計策又有把前門的小妖道大王虎先鋒被那毛臉和尚打殺了拖在門口駡戰哩那老妖聞言愈加煩惱道這廝却也無知我倒不曾喫他師父他轉打殺我家先鋒、可恨可恨叫取披掛來我也只聞得講甚麽孫行者等、我出去看是個甚麽九頭八尾的和尚、拿他進來與我虎先鋒對命、衆小妖急

急撞出披掛老妖結束齊整綽一桿三股鋼叉帥羣妖跳出本洞那大聖停立門外見那妖走將出來着實驍勇看他怎生打扮但見

金盔晃日金甲凝光盔上纓飄山雉尾羅袍罩甲淡鵞黃勒甲絛盤龍耀彩護心鏡繞眼輝煌鹿皮靴槐花染色錦圍裙柳葉絨粧手持三股鋼叉利不亞當年顯聖郎

那老妖出得門來厲聲高叫道那個是孫行者這行者脚躧着虎妖的皮囊手執着如意的鐵棒答道你孫外公在此送出我師父來那妖仔細觀看見行者身軀鄙猥面容

羸瘦不滿四尺笑道可憐可憐我只道是怎麽樣扳翻不倒的好漢、原來是這般一個骷髏的病鬼、行者笑道、你這個兒子忒沒眼力你外公雖是小小的你若肯照頭打一叉柄就長六尺、那怪道你硬着頭喫吾一柄大聖公然不懼那怪果打一下來他把腰躬一躬足長了六尺、有一丈長短慌得那妖把鋼叉按住喝道孫行者你怎麽把這護身的變化法兒拿來我門前使出莫要虛頭、走上來我與你見見手段、行者笑道兒子呵、常言道留情不舉手舉手不留情、你外公手兒重重的只怕你捱不起這一棒那怪那容分說撚轉鋼叉望行者當胸就刺這大聖正是會家

不忙忙家不會理開鐵棒使一箇烏龍掠地勢撥開鋼叉
叉照頭便打他二人在那黃風洞外這一塲好殺
妖王發怒大聖施威妖王發怒要拿行者抵先鋒大聖
施威欲捉精靈救長老叉來棒架棒去叉迎一個是鎮
山都總帥一個是護法美猴王初時還在塵埃戰後來
各起在中央點鋼叉尖明銳利如意棒身黑箍黃鐵着
的魂歸冥府打着的定見閻王全憑着手疾眼快必須
要力壯身強兩家捨死忘生戰不知那個平安那個傷
那老妖與大聖鬬經三十回合不分勝敗這行者要見功
績使一個身外身的手段把毫毛揪下一把用口嚼得粉

碎望上一噴叫聲變變有個百十個行者都是一樣打扮各執一根鐵棒把那怪圍在空中那怪害怕也使一般本事急回頭望着巽地上把口張了三張噓的一口氣吹將出去忽然間一陣黃風從空刮起好風真個利害

冷冷颼颼天地變無影無形黃沙旋穿林折嶺倒松梅播土揚塵崩嶺坫黃河浪潑徹底渾湘江水湧翻波轉碧天振動斗牛宮爭些刮倒森羅殿五百羅漢鬧喧天八大金剛齊嚷亂文殊走了青毛獅普賢白象難尋見真武龜蛇失了羣梓橦騾子飄其韂行商喊叫告蒼天稍公拜許諸般愿煙波性命浪中流名利殘生隨水辦仙

山洞府黑依依海島蓬萊昏暗暗老君難顧煉丹爐壽星收了龍鬚扇王母正去赴蟠桃一風吹亂裙腰釧二郎迷失灌州城哪吒難取匣中劍天王不見手中塔魯班吊了金頭鑽雷音寶閣倒三層趙州石橋崩兩斷、一輪紅日蕩無光、滿天星斗皆昏亂南山鳥往北山飛東湖水向西湖漫、雌雄拆對不相呼、子母分離難叫喚龍王遍海找夜叉、雷公到處尋閃電、十代閻王覓判官地府牛頭追馬面、這風吹到普陀山捲起觀音經一卷白蓮花卸海邊飛吹倒菩薩十二院盤古至今曾見風不似這風來不善、吻喇喇乾坤險不咋崩開萬里江山都

是
那妖怪使出這陣狂風就把孫大聖毫毛變的小行者刮
得在半空中却似紡車兒一般亂轉莫想輪得棒如何攏
得身慌得行者將毫毛一抖收上身來獨自個舉着鐵棒
上前來打又被那怪劈臉噴了一口黃風把兩隻火眼金
睛刮得緊緊閉合莫能睜開因此難使鐵棒遂敗下陣來
那妖收風回洞不題却說豬八戒見那黃風大作天地無
光牽着馬守着擔伏在山凹之間也不敢睜眼不敢擡頭
口裏不住的念佛許願又不知行者勝負何如師父死活
何如正在那疑思之時却早風定天晴忽擡頭往那洞門

前看處都也不見兵戈不聞鑼鼓鈸子又不敢上他門又
没人看守馬匹行李果是進退兩難愴惶不已憂慮間只
聽得條大聖從西邊吆喝而來他纔欠身迎着道哥哥好
大風阿你從那里走來行者擺手道利害利害我老孫自
爲人不曾見這大風那老妖使一柄三股鋼叉來與老孫
交戰戰到有三十餘合是老孫使一個身外身的本事把
他圍打他甚着急故弄出這陣風來果是兇惡刮得我站
立不住收了本事冒風而逃哏好風哏好風老孫也會呼
風也會喚雨不曾似這個妖精的風惡八戒道師兄那妖
精的武藝如何行者道也看得過又法兒倒也齊整與老

孫也職個手平。郤只是風惡了。難得救他八戒道似這般怎生救得師父。行者道救師父、且等再處不知這裏可有眼科先生。且教他把我眼醫治醫治。八戒道你眼怎的來行者道我被那妖一口風噴將來吹得我眼珠酸痛、這會子冷淚常流。八戒道哥阿這半山中天色又晚、且莫說要甚麼眼科連宿處也沒有了。行者道要宿處不難我料着那妖精還不敢傷我師父、我們且找上大路尋箇人家住下。過此一宵明日天明再來降妖罷。八戒道正是正是、他郤牽了馬挑了擔出山凹行上路口。此時漸漸黄昏只聽得路南山坡下有犬吠之聲二人停身觀看乃是一家莊

院影影的有燈火光明他兩個也不管有路無路漫艸而行直至那家門首但見

紫芝翳翳白石蒼蒼紫芝翳翳多青艸白石蒼蒼半綠苔數點小螢光灼灼一林野樹密排排香蘭馥郁嫩竹新栽清泉流曲澗古柏倚深崖地僻更無遊客到門前惟有野花開

他兩個不敢擅入只得叫一聲開門開門那裏邊有一老者帶幾個年幼的農夫叉鈀掃箒齊來問道甚麼人甚麼人行者躬身道我們是東土大唐聖僧的徒弟因往西拜佛求經路過此山被黃風大聖拿了我師父進去我們

還未救得，天色已晚，特來府上告借一宵，萬望方便方便。那老者答禮道：失迎失迎，此間乃雲多人少之處，却纔聞得叫門，恐怕是妖狐老虎及山中强盗等類，故此小介愚頑，多有冲撞，不知是二位長老，請進請進。他兄弟們牽馬挑擔而入，徑至裏邊，拴馬歇擔，與莊老拜見敘坐。又有蒼頭獻茶。茶罷，捧出幾碗胡麻飯。飯畢，命設鋪就寢。行者道：不睡還可，敢問善人，貴地可有賣眼藥的？老者道：是那位長老害眼？行者道：不瞞你老人家說，我們出家人自來無病，從不曉得害眼。老人道：既不害眼，如何討藥？行者道：我們今日在黄風洞口救我師父，不期被那怪將一口風噴來吹得我眼珠酸痛、今有些眼淚汪汪、故此要尋眼藥、那老者道、善哉善哉、你這個長老、小小的年紀、怎麼說謊、那黃風大聖、風最利害、他那風、比不得甚麼春秋風、松竹風、與那東西南北風、八戒道、想必是甲腦風、羊耳風、大麻風、偏正頭風、長者道、不是不是、他叫做三昧神風、行者道、怎見得、老者道、那風、

能吹天地暗、善刮鬼神愁、裂石崩崖惡、吹人命即休、

你們若遇着他那風吹了時、還想得活哩、只除是神仙方可得無事、行者道、果然果然、我們雖不是神仙、神仙還是我的晚輩、這條命急切難休、却只是吹得我眼珠酸痛、那

老者道既如此說也是個有來頭的人我這敝處却無賣眼藥的老漢也有些迎風冷淚曾遇異人傳了一方名喚三花九子膏能治一切風眼行者聞言低頭唱喏道願求些兒點試試那老者應承即走進去取出一個瑪瑙石的小礶兒來拔開塞口用玉簪兒蘸出少許與行者點上教他不得睜開寧心睡覺明早就好點畢收了石礶徑領小介們退於裏面八戒解包袱展開鋪蓋請行者安置行者閉着眼亂摸八戒笑道先生你的明杖兒泥行者道你這個囔糟的獃子你照顧我做瞎子哩那獃子啞啞的暗笑而睡行者坐在鋪上轉運神功只到三更後方纔睡下不

覺又是五更將曉行者抹抹臉睜開眼道果然好藥比常更有百分光明却轉頭後邊望望呀那里得甚房舍窻門但只見些老槐高柳兄弟們都睡在那綠莎茵上那八戒醒來道哥哥你嚷怎的行者道你睜開眼睛看看獃子忽擡頭見沒了人家慌得一轂轆爬將起來道我的馬哩行者道樹上拴的不是行李呢行者道你頭邊枕的不是八戒道這家子也憊懶他般了怎麼就不叫我們一聲通得老猪知道也好與你送些茶果想是躲門戶的恐怕里長曉得却就連夜搬了噫我們也忒睡得死怎麼他家拆房子响也不聽見响响行者吸吸的笑道獃子不要亂嚷像

趣

看那樹上是箇甚麽紙帖兒八戒走上前用手揭了。原來一面四句頌子云。

莊居非是俗人居　護法伽藍點化廬
妙藥與君醫眼痛　盡心降怪莫躊躕

行者道這夥强神。自換了龍馬一向不曾點他他倒又來弄虛頭八戒道哥哥莫扯架子。他怎麽伏你點札行者道兄弟。你還不知哩這護教伽藍。六丁六甲。五方揭諦四値功曹。奉。菩薩的法旨。暗保我師父者自那日報了名只爲這一向有了你再不曾用他們故不曾點札罷了。八戒道哥哥既奉法旨暗保師父所以不能現身明顯故此點化仙莊你莫怪他昨日也虧他與你點眼又虧他管了我們一頓齋飯亦可謂盡心矣你莫怪他我們且去救師父來行者道兄弟說得是此處到那黃風洞口不遠你且莫動身只在林子裏看馬守擔等老孫去洞裏打聽打聽看師父下落何如再與他爭戰八戒道正是這等討一箇死活的實信假若師父死了各人好尋頭幹事若是未死我們好竭力盡心行者道莫亂談我去也他將身一縱徑到他門首門尚關着睡覺行者不叫門且不驚動妖怪捻着訣念箇咒語搖身一變變做一箇花腳蚊蟲真箇小巧有詩爲証

擾擾微形利喙，嚶嚶聲細如雷。蘭房紗帳善通隨，正愛炎天暖氣。只怕薰煙撲扇，偏憐燈火光輝。輕輕小小忒鑽疾，飛入妖精洞裏。

只見那把門的小妖正打鼾睡，行者往他臉上叮了一口，那小妖翻身醒了道：「我爺啞，好大蚊子，一口就叮了一個大疙疸。」忽睜眼道：「天亮了。」又聽得支的一聲，二門開了。行者嚶嚶的飛將進去，只見那老妖分付各門上謹慎，一壁廂收拾兵器：「只怕昨日那陣風不曾刮殺孫行者，他今日必定還來，來時定教他一命休矣。」行者聽說，又飛過那廳堂，徑來後面，但見一層門關得甚緊，行者漫門縫兒鑽將進去原來是個大空園子那壁廂定風樁上繩纏索綁着唐僧哩那師父紛紛淚落心心只念着悟空悟能不知都在何處行者停翅叮在他光頭上叫聲師父那長老認得他的聲音道悟空阿想殺我也你在那里叫我哩行者道師父我在你頭上哩你莫要心焦少得煩惱我們務必拿住妖精方纔救得你的性命唐僧道徒弟阿幾時纔拿得妖精麼行者道拿你的那虎怪已被八戒打死了只是老妖的風勢利害料着只在今日管取拿他你放心莫哭我去啞說聲去嚶嚶的飛到前面只見那老妖坐在上面正點札各路頭目又見那洞前有一個小妖把個令字旗磨

一磨撞上廳來報道大王小的巡山纔出門見一個長嘴大耳朶的和尚坐在林裏若不是我跑得快些幾乎被他捉住却不見昨日那個毛臉和尚老妖道孫行者不在想必是風吹死也再不便去那里求救兵去了衆妖道大王若果吹殺了他是我們的造化只恐吹不死他他去請些神兵來却怎生是好老妖道怕他怎的怕那甚麼神兵若還定得我的風勢只除了靈吉菩薩來是其餘何足懼也行者在屋梁上只聽得他這一句言語不勝懽喜即抽身飛出現本相來至林中叫聲兄弟八戒道哥你往那里去來剛纔一個打令字旗的妖精被我趕了去也行者笑道

虧你虧你老孫變做蚊虫兒進他洞去探看師父原來師父被他綁在定風樁上哭哩是老孫分付教他莫哭又飛在梁上聽了一聽只見那拿令字旗的喘噓噓的走進去報道只是被你赶他却不見我老妖亂猜亂說說老孫是風吹殺了又說是請神兵去了他却自家供出一個人來甚妙甚妙八戒道他供的是誰行者道他說怕甚麼神兵那個能定他的風勢只除是靈吉菩薩來是但不知靈吉住在何處正商議處只見大路傍走出一個老公公來你看他怎生模樣

身健不扶拐杖冰髯雪鬢蓬蓬金花耀眼意朦朧瘦骨

衰劬強硬屈背低頭緩步龐眉赤臉如童看他容貌是
人稱却似壽星出洞
八戒望見大喜道師兄常言道要知山下路須問去來人
你上前問他一聲何如真個大聖藏了鐵棒放下衣襟上
前叫道老公公問訊了那老者半荅不荅的還了箇禮道
你是那裏和尚這曠野處有何事幹行者道我們是取經
的聖僧昨日在此失了師父特來動問公公一聲靈吉菩
薩在那裡住老者道靈吉在直南上從此處到那里還有
二千里路有一山呼名小須彌山山中有箇道場乃是菩
薩講經禪院汝等是取他的經去了行者道不是取他的

經我有一事煩他不知從那條路去老者用手向南指道這條羊腸路就是了哄得那孫大聖回頭看路那公公化作清風寂然不見只見路傍吹下一張簡帖上有四句頌子云

上覆齊天大聖聽　老人乃是李長庚
須彌山有飛龍杖　靈吉當年受佛兵

行者執了帖兒轉身下路八戒道哥阿我們連日造化低了這兩日纔白晝見鬼那個化風去的老兒是誰行者把帖兒遞與八戒念了一遍道李長庚是那個行者道是西方太白金星的名號八戒慌得望空下拜道恩人恩人老

猪若不虧金星奏准玉帝將性命也不知化作甚的了行
者道兄弟你却也知感恩但莫要出頭只藏在這樹林深
處仔細看守行李馬匹等老孫尋須彌山請菩薩去耶八
戒道曉得曉得你只管快快前去老猪學得箇烏龜法得
縮頭時且縮頭孫大聖跳在空中縱觔斗雲徑往直南上
去果然速快他點頭徑過三千里扭腰八百有餘程須臾
見一座高山半中間有祥雲出現瑞靄紛紛山凹裏果有
一座禪院只聽得鐘磬悠揚又見那香煙縹緲大聖直至
門前見一道人項掛數珠口中念佛行者道道人作揖那
道人躬身答禮道那里來的老爺行者道這可是靈吉菩

薩講經處麽道人道此間正是有何話說行者道累煩你老人家與我傳荅傳荅我是東土大唐駕下御弟三藏法師的徒弟齊天大聖孫悟空行者今有一事要見菩薩道人笑道老爺字多話多我不能全記行者道你只說是唐僧徒弟孫悟空來了道人依言上講堂傳報那菩薩卽穿袈裟添香迎接這大聖纔舉步入門往裏觀看只見那

滿堂錦繡一屋威嚴衆門人齊誦法華經老班首輕敲金鐘磬佛前供養盡是仙果仙花案上安排皆是素殽素品輝煌寶燭條條金燄射虹霓馥郁眞香道道玉烟飛彩霧正是那講罷心閑方入定白雲片片遶松梢

收慧劍魔頭絶般若波羅善會高

那菩薩整衣出迎行者登堂坐了客位隨命看茶行者道茶不勞賜但我師父在黄風山有難特請菩薩施大法力降怪救師菩薩道我受了如來法令在此鎮押黄風怪如來賜了我一顆定風丹一柄飛龍寶杖當時被我拿住饒了他的性命放他去隱性歸山不許傷生造孽不知他今日欲害令師有違教令我之罪也那菩薩欲留行者治齋相叙行者懇辭隨取了飛龍杖與大聖一齊駕雲不多時至黄風山上菩薩道大聖這妖怪有些怕我我只在雲端內住家你下去與他索戰誘他出來我好施法力行者依

言按落雲頭不容分說掣鐵棒把他洞門打破叫道妖怪還我師父來也慌得那把門小妖急忙傳報那怪道這潑猴着實無禮〔着眼〕再不伏善反打破我門這一出去使陣神風定要吹死仍前披掛手綽鋼叉又走出門來見了行者更不打話撚叉當胸就刺大聖側身躲過舉棒對面相還戰不數合那怪吊回頭望巽地上纔待要張口呼風只見那半空裏靈吉菩薩將飛龍寶杖丟將下來不知念了些甚麼咒語卻是一條八爪金龍撥刺的輪開兩爪一把抓住妖精提着頭兩三捽捽在山石崖邊現了本相卻是一箇黃毛貂鼠行者赶上舉棒就打被菩薩攔住道大聖莫傷

他命。我還要帶他去見如來。對行者道。他本是靈山腳下的得道老鼠。因爲偷了琉璃盞內的清油。燈火昏暗。恐怕（老鼠亦得道乎得道尚偷油乎得偷油之道也如此得道者多矣）金剛拿他。故此走了。却在此處成精作怪。如來照見了他不該死罪。故着我轄押。但他傷生造孽。拿上靈山。今又冲撞大聖陷害唐僧。我拿他去見如來。明正其罪。纔算這場功績哩。行者聞言。却謝了菩薩。菩薩西歸不題。却說猪八戒在那林內正思量行者。只聽得山坡下。叫聲悟能兄弟。牽馬挑擔來耶。那獃子。認得是行者聲音。急收拾跑出林外。見了行者道。哥哥怎的幹事來。行者道。請靈吉菩薩使一條飛龍杖。拿住妖精。原來是箇黃毛貂鼠成精。被他拿去靈山見如來去了。我和你洞裏去救師父。那猷子纔懽懽喜喜。二人撞入裏面把那一窩狡兔妖狐。香獐角鹿。一頓釘鈀鐵棒盡情打死。却往後園。拜救師父。師父出得門來問道你兩人怎生捉得妖精如何方救得我。行者將那請靈吉降妖的事情陳了一遍。師父謝之不盡。他兄弟們把洞中素物安排些茶飯喫了。方纔出門找大路向西而去。畢竟不知向後何如。且聽下回分解。

總批

靈吉二字最可思大抵吉凶悔吝都從癡愚不醒得來。人若不自知耳。知則有何悔吝哉非深于易者不

能知此·

黃毛老鼠我心之偷者是問何以有風曰偷則風矣風則偷矣

黃風是病靈吉是藥都在本身尋取勿認作實事令作者笑人也·

第二十二回

八戒大戰流沙河　木叉奉法收悟淨

話說唐僧師徒三衆脫難前來不一日行過了黃風嶺進西却是一脉平陽之地光陰迅速歷夏經秋見了些寒蟬鳴敗柳大火向西流正行處只見一道大水狂瀾渾波湧浪三藏在馬上忙呼道徒弟你看那前邊水勢寬濶怎不見船隻來往我們從那里過去八戒見了道果是狂瀾無舟可渡那行者跳在空中用手搭涼蓬而看他也心驚道師父阿真個是難真個是難這條河若論老孫去時只消把腰兒扭一扭就過去了若師父誠十分難渡萬載難行

藏道我這裡一望無邊端的有多少寬闊行者道徑過有八百里遠近八戒道哥哥怎的定得箇遠近之數行者道不瞞賢弟說老孫這雙眼白日裏常看得千里路上的吉凶却纔在空中看出此河上下不知多遠但只見這徑過足有八百里長老憂嗟煩惱兜回馬忽見岸上有一道石碑三衆齊來看時見上有三箇篆字乃流沙河腹上又有小小的四行真字云

八百流沙界三千弱水深鵞毛飄不起蘆花定底沉

師徒們正看碑文只聽得那浪湧如山波翻若嶺河當中滑辣的鑽出一箇妖精十分兇醜

一頭紅燄髮蓬鬆兩隻圓睛亮似燈不黑不青藍靛臉
如雷如鼓老　聲身披一領鵞黃氅腰束雙攢露白藤
項下骷髏懸九箇手持寶杖甚崢嶸

那怪一箇旋風奔上岸來徑搶唐僧慌得行者把師父抱住急登高岸回身走脫那八戒放下擔子掣出釘鈀望妖精便築那怪使寶杖架住他兩個在流沙河岸各逞英雄這一場好鬭

九齒鈀降妖杖二人相敵河崖上這個是總督大天蓬
那個是謫下捲簾將昔年曾會在靈霄今日爭持賭猛
壯這一個鈀去探爪龍那一個杖架磨牙象伸開大四

平鑽入迎風戧這個沒頭沒臉抓那個無亂無空放一
個是久占流沙界喫人精一個是秉教迎持修行將
他兩個來來往往戰經二十回合不分勝負那大聖護了
唐僧牽着馬守定行李見八戒與那怪交戰就狠得咬牙
切齒擦掌磨拳忍不住要去打他掣出棒來道師父你坐
着莫怕等老孫和他耍耍而來那師父苦留不住他打箇
唿哨跳到前邊原來那怪與八戒正戰到好處難解難分
被行者輪起鐵棒望那怪着頭一下那怪急轉身慌忙躲
過徑鑽入流沙河裏氣得個八戒亂跳道哥阿誰着你來
的那怪漸漸手慢難架我鈀再不上三五合我就擒住他

了他見你兇險敗陣而逃怎生是好行者笑道兄弟實不瞞你說自從降了黃風怪下山來這箇把月不曾耍棒我見你和他戰的甜美我就忍不住脚癢故就跳將來耍耍的那知那怪不識耍就走了他兩個攙着手說說笑笑轉回見了唐僧唐僧道可曾捉得妖怪行者道那妖怪不奈戰敗回鑽入水去也三藏道徒弟這怪久住在此他知道淺深似這般無邊的弱水又沒了舟楫須是得個知水性的引領引領纔好哩行者道正是這等說常言道近硃者赤近墨者黑那怪在此斷知水性我們如今拿住他且不要打殺只教他送師父過河再做理會八戒道哥哥不必

遲疑讓你先去拿他等老猪看守師父行者笑道賢弟啞這椿兒我不敢說嘴水裏勾當老孫不大十分熟若是空走還要捻訣又念念避水咒方纔走得不然就要變化做甚麼魚蝦蟹鼇之類我纔去得若論賭手段憑你在高山雲裏幹甚麼蹊蹺異樣事兒老孫都會只是水裏的買賣有些兒狼犺八戒道老猪當年總督天河掌管八萬水兵大衆倒學得知些水性却只怕那水裏有甚麼眷族老小七窩八代的都來我就弄他不過一時被他撈去却怎麼好行者道你若到水中與他交戰却不要戀戰許敗不許勝把他引將出來等老孫下手助你八戒道言得是我去

耶說聲去就剝了青錦直裰脫了鞋雙手舞鈀分開水路使出那當年舊手段躍浪翻波撞將進去徑至水底之下往前正走却說那妖敗了陣回方才喘定又聽得有人推得水响忽起身觀看原來是八戒執了鈀推水那怪舉杖當面高呼道那和尚那里走仔細看打八戒使鈀架住道你是個甚麼妖精敢在此間擋路那妖道你是也不認得我我不是那妖魔鬼怪也不是少姓無名八戒道你既不是邪妖鬼怪却怎生在此傷生你端的甚麼姓名實實說來我饒你性命那怪道我

自小生來神氣壯乾坤萬里曾遊蕩英雄天下顯威名

豪傑人家做模樣，萬國九州任我行，五湖四海從吾撞，
皆因學道蕩天涯，只爲尋師遊地曠，常年衣鉢謹隨身，
每日心神不可放，沿地雲遊數十遭，到處閑行百餘盪，
因此才得遇眞人，引開大道金光亮，先將嬰兒姹女收，
後把木母金公放，明堂腎水入華池，重樓肝火投心臟，
三千功滿拜天顏，志心朝禮明華向，玉皇大帝便加陞，
親口封爲捲簾將，南天門裏我爲尊，靈霄殿前吾稱上，
腰間懸掛虎頭牌，手中執定降妖杖，頭頂金盔幌日光，
身披鎧甲明霞亮，往來護駕我當先，出入隨朝予在上，
只因王母降蟠桃，設宴瑤池邀衆將，失手打破玉玻璃，

天神個個魂飛喪玉皇即便怒生嗔[illegible]令掌朝左輔相
卸冠脫甲摘官銜將身推在殺場上[illegible]衛赤脚大天仙
越班啟奏將吾赦饒死回生不典刑[illegible]遣貶流沙東岸上
餓時困倒此河中餓去翻波尋食餉[illegible]子逢吾命不存
漁翁見我身皆喪來來往往喫人多翻翻覆覆傷生瘴
你敢行兇到我門今日肚皮有所望莫言粗糙不堪嘗
拿住消停剁鮓醬
八戒聞言大怒罵道你這潑物全沒一些兒眼力我老豬
還掐出水沫兒來哩你怎敢說我粗糙要剁鮓醬看起來
你把我認做個老走硝哩休得無禮喫你祖宗這一鈀那

婬見鈀來使一箇鳳點頭躲過。兩個在水中打出水面各
人踏浪登波這一塲賭鬭比前不同你看那
捲簾將天蓬帥各顯神通真可愛。那個降妖寳杖着頭
輪這個九齒釘鈀隨手快躍浪振山川。推波昏世界兇
如太歲撞幢幡惡似喪門掀寳蓋這一個赤心凜凜保
唐僧那一個犯罪滔滔為水妖。鈀抓一下九條痕。杖打
之時魂魄敗。努力喜相持用心要賭賽算來只為取經
人怒氣冲天不忍耐攪得那鯾鮊鯉鱖退鮮鱗龜鼈黿
鼉傷損蓋。紅鰕紫蟹命皆亡。水府神明朝上拜只聽得
波翻浪滚似雷轟日月無光天地怪。

二人整鬭有兩箇時辰不分勝敗這纔是銅盆逢鐵箒玉磬對金鐘却說那大聖保着唐僧立在岸上眼巴巴的望着他兩個在水上爭持只是他不好動手只見那八戒虛幌一鈀佯輸詐敗轉回頭往東岸上走那妖隨後趕來將近到了岸邊這行者忍耐不住撇了師父掣鐵棒跳到河邊望妖精劈頭就打那妖物不敢相迎颼的又鑽入河內八戒嚷道你這弼馬溫真是個急猴子你再緩緩些兒等我哄他到了高處你却阻住河邊呌他不能回首時却不拿住他也他這進去幾時又肯出來行者笑道獃子莫嚷莫嚷我們且回去見師父去來八戒却同行者到高岸上

見了三藏。三藏欠身道。徒弟辛苦啞。八戒道。且不說辛苦。只是降了妖精送得你過河方是萬全之策。三藏道你才與妖精交戰何如。八戒道那妖的手段與老猪是個對手正戰處使一個詐敗他才趕到岸上。見師兄舉着棍子他就跳下水了。三藏道如此怎生奈何行者道師父放心且莫焦惱。如今天色又晚且坐在這崖岸之上。待老孫去化些齋飯來你喫了睡去。待明日再處。八戒沙僧道說得是你快去快來行者急縱雲跳起去。正到直北下人家。化了一鉢素齋回獻師父師父看他來得甚快。便叫悟空。我們去化齋的人家求問他一個過河之策。不強似與這怪爭持行者笑道這家子遠得很哩相去有五七千里之路他那里得知水性問他何益八戒道哥哥又來扯謊了五七千里路你怎麽這等去來得快行者道你那里曉得老孫的觔斗雲一縱有十萬八千里這五七千里只消把頭點上兩點把腰躬上一躬就是箇往回有何難哉八戒道哥阿旣是這般容易你把師父背着只消點點頭躬躬腰跳過去罷了何必苦苦的與這妖厮戰行者道你也會駕雲你把師父駝過去罷八戒道師父的凡胎肉骨重似太山我這駕雲的怎能得起須是你的觔斗方可行者道我的觔斗好道也是駕雲只是去的有遠近些兒你是駝不動我卻如何

駝得動自古道遣太山輕如芥子携凡夫難脫紅塵象這潑魔毒怪使攝法弄風頭却是扯扯拉拉就地而行不能帶得空中而去象那樣法兒老孫也會使會弄還有那隱身法縮地法老孫件件皆知但只是師父要窮歷異邦不能勾超脫苦海所以寸步難行者也我和你只做得個擁護保得他身在命在替不得這些苦惱也取不得經來就是有能先去見了佛那佛也不肯把經傳與你我正叫做若將容易得便作等閒看那獃子聞言喏喏聽受遂喫了些無菜的素食師徒們歇在流沙河東崖岸之上次早三藏道悟空今日怎生區處行者道沒甚區處還須八戒下

水八戒道哥哥你要圖乾淨只作成我下水行者道賢弟這番我再不急性了只讓你引他上來我攔住河邊不讓他回去務要將他擒了好八戒抹抹臉抖擻精神雙手拿鈀到河邊分開水路依然又下至窩巢那妖方才睡醒忽聽推得水响急回頭睜睛觀看見八戒執鈀來至他跳出來當頭阻住喝道慢來慢來看杖八戒舉鈀架住道你是箇甚麼哭喪杖叫你祖宗看杖那妖道你這廝甚不曉得理我這

寶杖原來名譽大本是月裏梭羅派吳剛伐下一枝來

魯班製造工夫蓋裏邊一條金趁心外邊萬道珠絲玠

名稱寳杖善降妖永鎮靈霄能伏怪只因官拜大將軍
玉皇賜我隨身帶或長或短任吾心要細要麤憑意態
也曾護駕宴蟠桃也曾隨朝居上界值殿曾經眾聖參
捲簾曾見諸仙拜養成靈性一神兵不是人間凡器械
自從遭貶下天門任意縱橫遊海外不當大膽自稱誇
天下鎗刀難比賽看你那個秀釘鈀只好鋤田與築菜
八戒笑道我把你少打的潑物且莫管甚麽築菜只怕盪
了一下兒交你沒處貼膏藥九個眼子一齊流血總然不
死也是個到老的破傷風那妖丟開架子在那水底下與
八戒依然打出水面這一番鬬比前果更不同你看他

寶杖輪、釘鈀築、言語不通非眷屬、只因木母尅刀圭、致令兩下相戰觸、沒輸贏、無反覆、翻波淘浪不和睦、這箇怒氣怎含容、那個傷心難忍辱、鈀來杖架逞英雄、水滚流沙能惡毒、氣昂昂、勞碌碌、多因三藏朝西域、釘鈀老大顯、寶杖十分熟、這個揪住要往岸上拖、那個抓來就將水裏沃、聲如霹靂動魚龍、雲暗天昏神鬼伏、

這一塲來來往往、鬭經三十回合、不見强弱、八戒又使箇佯輸計、拖了鈀走、那怪隨後又趕來、擁波捉浪、趕至崖邊、八戒罵道、我把你這個潑怪、你上來、這高處、脚踏實地好打、那妖罵言、你這廝哄我上去、又交那幫手來哩、你下來、

還在水裏相鬪。原來那妖乖了。再不肯上岸。只在河邊與八戒鬧炒。却說行者見他不肯上岸。急得他心焦性爆。恨不得一把捉來。行者道。師父你自坐下。等我與他箇餓鷹凋食。就縱觔斗。跳在半空。刷的落下來。要抓那妖。那妖正與八戒嚷鬧。忽聽得風响。急回頭見是行者落下雲來。却又收了寶杖。一頭淬下水。隱跡潛踪。渺然不見。行者佇立岸上對八戒言兄弟啞這妖也弄得滑了。他再不肯上岸如之奈何。八戒道。難難難。戰不勝他。就把喫奶的氣力也使盡了。只綳得箇平手。行者道。且見師父去。二人又到高岸。見了唐僧。備言難捉。那長老滿眼下淚道。似此艱難怎生得渡行者道師父莫要煩惱這妖深潛水底其實難行八戒你只在此保守師父再莫與他廝鬬等老孫往南海走走去來八戒道哥哥你去南海何幹行者道這取經的勾當原是觀音菩薩及脫解我等也是觀音菩薩今日路阻流沙河不能前進不得他怎生處治等我去請他還強如和這妖精相鬬八戒道也是也是師兄你去時千萬與我上覆一聲向日多承指教三藏道悟空若是去請菩薩却也不必遲疑快去快來行者即縱觔斗雲徑上南海咦那消半箇時辰早看見普陀山境須臾間墜下觔斗到紫竹林外又只見那二十四路諸天上前迎着道大聖何來

行者道我師有難特來謁見菩薩諸天道請坐容報那輪
日的諸天逕至潮音洞口報道孫悟空有事朝見菩薩正
與捧珠龍女在寶蓮池畔扶欄看花聞報即轉雲巖開門
喚入大聖端肅皈依參見菩薩問曰你怎麽不保唐僧爲
甚事又來見我行者啟上道菩薩我師父前在高老莊又
收了一個徒弟喚名猪八戒多蒙菩薩又賜法諱悟能纔
行過黃風嶺今至八百里流沙河乃是弱水三千師父已
是難渡河中又有個妖怪武藝高强甚虧了悟能與他水
面上大戰三次只是不能取勝被他攔阻不能渡河因此
特告菩薩望垂憐憫濟渡他一濟渡菩薩道你這猴子又

逞自滿不肯說出保唐僧的話來麼行者道我們只是要
拿住他教他送我師父渡過水裏事我又弄不得精細只
是悟能尋着他窩巢與他打話想是不曾說出取經的勾
當菩薩道那流沙河的妖怪乃是捲簾大將臨凡也是我
勸化的善信教他保護取經之輩你若肯說出是東土取
經人時他決不與你爭持斷然歸順矣行者道那怪如今
怯戰不肯上崖只在水裏潛踪如何得他歸順我師如何
得渡弱水菩薩即喚慧岸袖中取出一箇紅葫蘆兒分付
道你可將此葫蘆同孫悟空到流沙河水面上只叫悟淨
他就出來了先要引他歸依了唐僧然後把他那九個骷

髏穿在一處，按九宮佈列，却把這葫蘆安在當中，就是法船一隻，能渡唐僧過流沙河界。慧岸聞言，謹遵師命。當時與大聖棒葫蘆出了潮音洞，奉法旨辭了紫竹林。有詩為證：

五行匹配合天真，認得從前舊主人。煉已立基為妙用，
辨明邪正見原因。今來歸性還同類，求去求情共復淪。
二土全功成寂寞，調和水火沒纖塵。

他兩個不多時，按落雲頭，早來到流沙河岸。猪八戒認得是木叉行者，引師父上前迎接。那木叉與三藏禮畢，又與八戒相見。八戒道：向蒙尊者指示，得見菩薩，我老猪果遵

法教，今喜拜了沙門，這一向在途中奔碌，未及致謝，恕罪恕罪。行者道，且莫敍濶，我們叫喚那廝去來。三藏道，叫誰。行者道，老孫見菩薩，備陳前事，菩薩說這流沙河的妖怪，乃是捲簾大將臨凡，因為在天有罪，墮落此河，忘形作怪。他曾被菩薩勸化，願歸師父，往西天去的，但是我們不曾說出取經的事情，故此苦苦爭鬭。菩薩今差木叉，將此葫蘆要與這廝結作法船，渡你過去哩。三藏聞言，頂禮不盡，對木叉作禮道，萬望尊者作速一行。那木叉捧定葫蘆，半雲半霧，徑到了流沙河水面上，厲聲高叫道，悟淨悟淨，取經人在此久矣，你怎麼還不歸順。却說那怪懼怕猴王，回

於水底，正在窩中歇息，只聽得叫他法名，情知是觀音菩
薩，又聞得說取經人在此，他也不懼斧鉞，急翻波伸出頭
來，又認得是木叉行者，你看他笑盈盈，上前作禮道，尊者
失迎，菩薩今在何處，木叉道，我師未來，先差我來分付你
早跟唐僧做個徒弟，叫把你項下掛的骷髏與這個葫蘆，
按九宮，結做一隻法船，渡他過此弱水，悟淨道，取經人，却
在那里，木叉用手指道，那東岸上坐的不是，悟淨看見了
八戒道，他不知是那里來的個潑物，與我整鬭了這兩日，
何曾言着一個取經的字兒，又看見行者，道，這個主子，是
他的幫手，好不利害，我不去了，木叉道，那是猪八戒，這是

孫行者。俱是唐僧的徒弟。俱是菩薩勸化的。怕他怎的。我且和你見唐僧去。那悟淨才收了寶杖。整一整黃錦直裰。跳上岸來。對唐僧雙膝跪下道。師父。弟子有眼無珠。不認得師父的尊容。多有冲撞。萬望恕罪。八戒道。你這膿包。怎的早不皈依。只管要與我打。是何說話。行者笑道。兄弟。你莫怪他。還是我們不曾說出取經的事情與姓名耳。長老道。你果肯誠心皈依吾教麼。悟淨道。弟子向蒙菩薩教化。指河為姓。與我起個法名。喚做沙悟淨。豈有不從師父之理。三藏道。既如此。叫悟空取戒刀來。與他落了髮。大聖依言。即將戒刀與他剃了頭。又來拜了三藏。拜了行者與八戒分了大小三藏見他行禮真象個和尚家風。故又叫他做沙和尚。木叉道。既秉了迦持。不必敘煩。早與作法船見來。那悟淨不敢怠慢。即將頸項下掛的骷髏取下。用索子結作九宮。把菩薩的葫蘆安在當中。請師父下岸。那長老遂登法船。坐於上面。果然穩似輕舟。左有八戒扶持。右有悟淨捧托。孫行者在後面牽了龍馬。半雲半霧。相跟頭直上。又有木叉擁護。那師父才飄然穩渡流沙河界。浪靜風平。過弱河。真箇也如飛似箭。不多時身登彼岸。得脫洪波又不拖泥帶水。幸喜腳乾手燥。清淨無爲。師徒們腳踏實地。那木叉按祥雲。收了葫蘆。又只見那骷髏一時解化作

着眼

九股陰風寂然不見三藏拜謝了木叉頂禮了菩薩正是

木叉徑回東洋海　三藏上馬却投西

畢竟不知幾時才得正果求經且聽下回分解

總批

若要淨也須沙清金見即一姓名中都有微旨西遊一記可艸艸讀耶

第二十三回

三藏不忘本　四聖試禪心

奉法西來道路賒。秋風漸漸落霜花。乖猿牢鎖繩休解。劣馬勤兜鞭莫加。木母金公原自合。黃婆赤子本無差。咬開鐵彈真消息。般若波羅到彼家。

這回書盡言取經之道不離了一身務本之道也却說他師徒四衆了悟真如頓開塵鎖自跳出性海流沙渾無罣礙竟投大路西來歷徧了青山綠水看不盡野草閑花真箇也光陰迅速又值九秋但見了些

楓葉滿山紅黃花耐晚風老蟬吟漸懶愁蟋思無窮荷

破青繞扇，橙香金彈叢可憐。數行鴈，點點遠排空。

正走處，不覺天晚。三藏道：徒弟，如今天色又晚，却往那里安歇？行者道：師父説話差了，出家人飡風宿水，卧月眠霜，隨處是家，又問那里安歇？何也？猪八戒道：哥呵，你可知道你走路輕省，那里管别人累墜？自過了流沙河，這一向爬山過嶺，身挑着重担，老大難挨，也須是尋個人家，一則化些茶飯，二則養養精神，才是個道理。行者道：獃子，你這般言語，似有報怨之心，還相在高老庄，倚懶不求福的自在，恐不能也。既是秉正沙門，須是要吃辛受苦，纔做得徒弟哩。八戒道：哥哥，你看這担行李多重？行者道：兄弟，自從有

了你與沙僧、我又不曾挑着、那知多重、八戒道哥呵你看
數兒麼、
四片黃藤篾、長短八條繩、又要防陰雨、氈包三四層、匾
担還愁滑、兩頭釘上釘、銅廂鐵打九環杖、篾絲藤纏大
斗蓬
似這般許多行李、難爲老猪一個、逐日家担着走、偏你跟
師父做徒弟、拿我做長工、行者笑道獃子、你和誰說哩、八
戒道哥哥、與你說哩、行者道錯和我說了、老孫只管師父
好歹、你與沙僧專管行李馬匹、但若怠慢了些兒、孤拐上
先是一頓粗棍、八戒道哥呵不要說打、打就是以力欺人

我曉得你的尊性高傲，你是定不肯挑，但師父騎的馬，那般高大肥盛，只馱着老和尚一個，教他帶幾件兒也是弟兄之情，行者道，你說他是馬哩，他不是凡馬，本是西海龍王敖閏之子，喚名龍馬三太子，只因縱火燒了殿上明珠，被他父親告了忤逆，身犯天條，多虧觀音菩薩救了他的性命，他在那鷹愁徒澗，久陡師父，又幸得菩薩親臨，郤將他退鱗去角，摘了項下珠，纔變做這匹馬，願馱師父往西天拜佛，這箇都是各人的功果，你莫攀他，那沙僧聞言道，哥哥真箇是龍麽，行者道，是龍，八戒道，哥呵，我聞得古人云，龍能噴雲噯霧，播土揚沙，有巴山掮嶺的手段，有翻江攪海的神通怎麽他今日這等慢慢而走行者道你要他快走我教他快走個兒你看好大聖把金箍棒揩一揩萬道彩雲生那馬看見拿棒恐怕打來慌得四隻蹄疾如飛電搜的跑將去了那師父手軟採不住儘他劣性奔上山崖纔大達起步走師父喘息始定擡頭遠見一簇松陰内有幾間房舍着實軒昂但見

門垂翠栢宅倚青山幾株松冉冉數莖竹斑斑籬邊野菊凝霜艷橋畔幽蘭映水丹粉墻泥壁磚砌圍圜高堂多壯麗大厦甚清安牛羊不見無雞犬想是秋收農事閑

那師父正按轡徐觀，又見悟空兄弟方到。悟淨道：「師父不曾跌下馬來麼？」長老罵道：「悟空這潑猴，他把馬兒驚了，早是我還騎得住哩。」行者賠笑道：「師父莫罵我，都是豬八戒說馬行遲，故此着他快些。」那獃子因赶馬走急了些兒，喘氣噓噓，口裡唧唧噥噥的鬧道：「罷了！罷了！見自肚餓腰鬆，擔子沉重，挑不上來，又弄我奔奔波波的赶馬。」長老道：「徒弟呵，你且看那壁廂有一座莊院，我們却好借宿去也。」行者聞言，急擡頭舉目而看，果見那半空中慶雲籠罩，瑞靄遮盈，情知定是佛仙點化，他却不敢泄漏天機，只道：「好！好！好！我們借宿去來。」長老連忙下馬，見一座門樓，乃是垂蓮

[illegible]與畫棟雕梁。沙僧歇了担子，八戒牽了馬匹道，這箇人家是過當的富實之家。行者就要進去，三藏道，不可，你我出家人各自避些嫌疑，切莫擅入，且自等他有人出來，以禮求宿方可。八戒拴了馬，斜倚墻根之下，三藏坐在石鼓上，行者沙僧坐在臺基邊，久無人出，行者性急，跳起身入門裡看處，原來有向南的三間大廳，簾櫳高控，屏門上，掛一軸壽山福海的橫披畫，兩邊金漆柱上，貼着一幅大紅紙的春聯，上寫着

絲飄弱柳平橋晚，　雪點香梅小院春。

正中間設一張退光黑漆的香几，几上放一箇古銅獸爐

上有六張交椅兩山頭掛着四季吊屏行者正然偷看處忽聽得後門內有脚步之聲走出一個半老不老的婦人來嬌聲問道是甚麼人擅入我寡婦之門慌得個大聖喏喏連聲道小僧是東土大唐來的奉旨向西方拜佛求經一行四衆路過寶方天色已晚特奔老菩薩檀府告借一宵那婦人笑語相迎道長老那三位在那里請來行者高聲叫道師父請進來耶三藏纔與八戒沙僧牽馬挑担而入只見那婦人出廳迎接八戒餳眼偷看你道他怎生打扮

穿一件織金官綠紵絲襖上罩着淺紅比甲繫一條結

綵鵞黃錦繡裙下映着高底弓鞋時樣䯻䯼皁紗漫相襯着二色盤龍髮宫樣牙梳朱翠幌斜簪着兩股紫金釵雲鬢半蒼飛鳳翅耳環雙墜寶珠排脂粉不施猶自美風流還似少年才

那婦人見了他三衆更加欣喜以禮邀入廳房一一相見禮畢請各叙坐看茶那屏風後忽有一個丫髻垂絲的女童托着黃金盤白玉盞香茶噴煖氣異果散幽香那人綽綵袖春笋纖長擎玉盞傳茶上奉對他們一一拜了茶畢又分付辦齋三藏啟手道老菩薩高姓貴地是甚地名婦人道此間乃西牛賀洲之地小婦人娘家姓賈夫家姓莫

幼年不幸公姑早亡與丈夫守承祖業有家貲萬貫良田千頃夫妻們命裏無子止生了三個女孩兒前年丈不幸又喪了丈夫小婦居孀今歲服滿空遺下田産家業并無個眷族親人只是我娘女們承領欲嫁他人又難捨家業適承長老下降想是師徒四衆小婦娘女四人意欲坐山招夫四位恰好不知尊意肯否如何三藏聞言推聾粧瘂瞑目寧心寂然不荅那婦人道舍下有水田三百餘頃旱田三百餘頃山場果木三百餘頃黃水牛有千餘隻况騾馬成羣猪羊無數東南西北庄堡草塲共有六七十處家下有八九年用不着的米穀十來年穿不着的綾羅一生

有使不着的金銀勝强似那錦帳藏春説甚麽金釵兩路你師徒們若肯回心轉意招贅在寒家自自在在享用榮華却不强如往西勞碌那三藏也只自如痴如蠢默默無言那婦人道我是丁亥年三月初三日酉時生故夫比我畧大三歲我今年四十五歲大女兒名真真今年二十歲次女名愛愛今年十八歲三小女名憐憐今年十六歲俱不曾許配人家雖是小婦人醜陋却幸小女俱有幾分顔色女工針指無所不會因是先夫無子即把他們當兒子看養小時也曾教他讀些儒書也都曉得些吟詩作對雖然居住山莊也不是那十分粗俗之類料想也陪得過列

位長老若肯放開懷抱長髮留頭與舍下做個家長穿綾着錦勝强如那瓦鉢緇衣芒鞋雲笠三藏坐在上面好便似雷驚的孩子雨淋的蝦蟆只是呆呆掙掙翻白眼兒打仰那八戒聞得這般富貴這般美色他却心癢難撓坐在那椅子上一似針戳屁股左扭右扭的忍耐不住走上前扯了師父一把道師父這娘子告誦你話你怎麼佯佯不采好道也做箇理會是那師父猛擡頭咄的一聲喝退了八戒道你這個業畜我們是個出家人豈以富貴動心美色留意成得箇甚麼道理那婦人笑道可憐可憐出家人有何好處三藏道女菩薩你在家人却有何好處那婦人

道長老請坐。等我把在家人的好處說與你聽。怎見得有

詩為証。

春裁方勝着新羅　夏換輕紗賞綠荷　秋有新篘香糯酒。

冬來煖閣醉顏酡。四時受用般般有。八節珍羞件件多。

襯錦鋪綾花燭夜　強如行腳禮彌陀

三藏道。女菩薩你在家人享榮華受富貴有可穿有可吃

見女團圓果然是好。但不知我出家的人。也有一段好處

怎見得有詩為証。

出家立志本非常　推倒從前恩愛堂。外物不生閑口舌

身中自有好陰陽。功完行滿朝金闕。見性明心返故鄉

賸似在家貪血食老來墜落臭皮囊
那婦人聞言大怒道這潑和尚無禮我若不看你東土遠來就該叱出我倒是個真心實意要把家緣招贅汝等你倒反將言語傷我你就是受了戒發了愿永不還俗好道你手下人我家也招得一個你怎麼這般執法三藏見他發怒只得者者謙謙叫道悟空你在這里罷行者道我從小兒不曉得幹那般事教八戒在這里罷八戒道哥呵不要栽人麽大家從常計較三藏道你兩個不肯便教悟淨在這里罷沙僧道你看師父說的話弟子蒙菩薩勸化受了戒行等候師父自蒙師父收了我又承教誨跟着師父

還不上兩月更不曾進得半分功果怎敢圖此富貴寧死
也要往西天去決不幹此欺心之事那婦人見他們推辭
不肯急抽身轉進屏風撲的把腰門關上師徒們撇在外
面茶飯全無再沒人出八戒心中焦燥埋怨唐僧道師父
忒不會幹事把話通說殺了你好道還活着些腳兒只含
糊答應哄他些齋飯吃了今晚落得一宵快活明日肯與
不肯在乎你我了似這般關門不出我們這清灰冷灶一
夜怎過悟淨道二哥你在他家做個女婿罷八戒道兄弟
不要栽人從常計較行者道計較甚的你要肯便就教師
父與那婦人做個親家你就做個到踏門的女婿他家這

等有財有寶一定倒陪粧奩整治個會親的筵席我們也落些受用你在此間還俗却不是兩全其美八戒道哥便也是這等說却只是我脫俗又還俗停妻再娶妻了沙僧道二哥原來是有嫂子的行者道你還不知他哩他本是烏斯藏高老兒庄高太公的女婿因被老孫降了他也曾受菩薩戒行沒及柰何被我捉他來做個和尚所以棄了前妻投師父往西拜佛他想是離別的久了又想起那個勾當却纔聽見這個勾當斷然又有此心獃子你與這家子做了女婿罷只是多拜老孫幾拜我不撿舉你就罷了那獃子道胡說胡說大家都有此心獨拿老猪出醜常言

道和尚是色中餓鬼那個不要如此都這般扭扭捏捏的拿班兒把好事都弄得裂了致如今茶水不得見面燈火也無人管雖熬了這一夜但那匹馬明日又要馱人又要走路再若餓上這一夜只好剝皮罷了你們坐着等老猪去放放馬來那獃子虎急急的解了韁繩拉出馬去行者道沙僧你且陪師父坐這里等老孫跟他去看他往那里放馬三藏道悟空你看便去看他但只不可只管嘲他了行者道我曉得這大聖走出了房搖身一變變作個紅蜻蜓兒飛出前門赶上八戒那獃子拉着馬有草處且不叫吃草嗒嗒嘔嘔的赶着馬轉到後門首去只見那婦人帶

了三個女子、在後門閑站立着看菊花兒耍子、他娘女們
看見八戒來時、三個女兒閃將進去、那婦人佇立門首道
小長老那里去、這獃子丟了韁繩、上前唱箇喏道聲娘我
数声娘叫得甚是親熱
來放馬的、那婦人道你師父忒羙精細、在我家招了女婿
却不强似做掛搭僧、往西蹦路、八戒笑道你們是奉了唐
王的旨意、不敢有違君命、不肯幹這件事、剛纔都在前廳
上栽、我我又有些奈上祝下的、只恐娘嫌我嘴長耳大、那
婦人道我也不嫌、只是家下無個家長、招一個倒也罷了、
但恐小女兒有些兒嫌醜、八戒道娘你上覆令愛、不要這
等揀漢、想我那唐僧人才雖俊、其實不中用、我醜自醜、有

幾句口號兒婦人道你怎的說麼八戒道我
雖然人物醜勤緊有些功若言千頃地不用使牛耕只消一頓鈀佈種及時生沒雨能求雨無風會喚風房舍若嫌矮起上二三層地下不掃掃一掃陰溝不通通一通家長裡短諸般事踢天弄井我皆能

那婦人道既然幹得家事你再去與你師父商量商量看不尷尬便招你罷八戒道不用商量他又不是我的生身父母幹與不幹都在於我婦人道也罷也罷等我與小女說說看他閃進去撲的掩上後門八戒也不放馬將馬拉向前來怎知孫大聖已一一盡知他轉翅飛來現了本相先

見唐僧道師父悟能牽馬來了長老道馬若不牽恐怕撒懽走了行者笑將起來把那婦人與八戒說的勾當從頭說了一遍三藏也似信不信的少時間見獃子拉將馬來拴下長老道你馬放了八戒道無甚好艸沒處放馬行者道沒處放馬可有處牽馬麽獃子聞得此言情知走了消息也就垂頭扭頸努嘴攢眉半晌不言又聽得呀的一聲腰門開了有兩對紅燈一副提爐香雲靄靄環珮叮叮那婦人帶着三個女兒走將出來叫真真愛愛憐憐拜見那取經的人物那女子排立廳中朝上禮拜果然也生得標致但見他

一個個蛾眉横翠，粉面生春。妖嬈傾國色，窈窕動人心。花鈿顯現多嬌態，繡帶飄搖迥絕塵。半含笑處櫻桃綻，緩步行時蘭麝噴。滿頭珠翠，顫巍巍無數寶釵簪；遍體幽香，嬌滴滴有花金縷細。說甚麼楚娃美貌，西子嬌容，真箇是九天仙女從天降，月裡嫦娥出廣寒。

那三藏合掌低頭，孫大聖佯佯不採，這沙僧轉背回身。你看那猪八戒，眼不轉睛，淫心紊亂，色膽縱横，扭捏出悄語低聲道：有勞仙子下降。娘，請姐姐們去耶。那三個女子轉入屏風，將一對紗燈留下。婦人道：四位長老，可肯留心，着那個配我小女麽？悟淨道：我們已商議了，着那個姓猪的招贅門下。八戒道兄弟不要栽我還從衆計較行者道還計較甚麽你已是在後門首說合的停停當當娘都叫了又有甚麽計較師父做個男親家這婆兒做個女親家等老孫做個保親沙僧做個媒人也不必看通書今朝是箇天恩上吉日你來拜了師父進去做了女婿罷八戒道弄不成弄不成那里好幹這箇勾當行者道獃子不要者囂你那口裡加也不知叫了多少又是甚麽弄不成快快的應成帶携我們吃些喜酒也是好處他一隻手揪着八戒一隻手扯住婦人道親家母帶你女婿進去那獃子脚兒趄趄的要往那里走那婦人即喚童子展抹桌椅鋪排晚

齋管待三位親家我須姑夫房裡去也一壁廂分付庖丁
排筵設宴明辰會親那幾個童子又領命訖他三衆吃了
齋急急鋪鋪都在客座裡安歇不題却說那八戒跟着丈
母行入裡面一層層也不知多少房舍磕磕撞撞盡都是
門檻絆腳獃子道娘慢些兒走我這裡邊路生你帶我帶
兒那婦人道這都是倉房庫房碾房各房還不曾到那厨
房邊哩八戒道好大人家磕磕撞撞轉灣抹角又走了半
會纔是内堂房屋那婦人道女壻你師兄說今朝是天恩
上吉日就教你招進來了却只是倉卒間不曾請得個陰
陽拜堂撒帳你可朝上拜八拜兒罷八戒道娘娘說得是

你請上坐等我也拜幾拜就當拜堂就當謝親兩當一見
却不省事他丈母笑道也罷也罷果然是個省事幹家的
女婿我坐着你拜麽噫滿堂中銀燭輝煌這獃子朝上禮
拜拜畢道娘你把那個姐姐配我哩他丈母道正是這些
兒疑難我要把大女兒配你恐二女怪要把二女配你恐
三女怪欲將三女配你又恐大女怪所以終疑未定八戒
此處却不訛
道娘既怕相爭都與我罷省得鬧鬧吵吵亂了家法他丈
母道豈有此理你一人就占我三個女兒不成八戒道你
看娘說的話那個沒有三宮六院就再多幾個你女婿也
醜甚
笑納了我幼年間也曾學得個熬戰之法管情一個個伏

侍得他懽喜那女人道不好不好我這里有一方手帕你（此想亦好）頂在頭上遮了臉撞了天婚教我女兒從你跟前走過你伸開手扯倒那個就把那個配了你罷獃子依言接了手帕頂在頭上有詩爲証

癡（說出）愚不識本原由色劍傷身暗自休從來信有周公禮

今日新郎頂蓋頭

那獃子頂褁停當道娘請姐姐們出來麼他丈母叫真真愛愛憐憐都來撞天婚配與你女婿只聽得環珮響亮蘭麝馨香似有仙子來往那獃子真個伸手去撈人兩邊亂撲左也撞不着右也撞不着來來往往不知有多少女子

行動。只是莫想撈着一個。東撲抱着柱科。西撲摸着板壁。兩頭跑暈了。立站不穩。只是打跌。前來蹬着門扇。後去湯着磚墻。磕磕踵踵。跌得嘴腫頭青。坐在地下。喘氣呼呼的道。娘阿。你女兒這等乖滑得緊。撈不着一個。奈何奈何。那婦人與他揭了蓋頭道。女婿不是我女兒乖滑。他們大家謙讓。不肯招你。八戒道。娘阿。既是他們不肯招我阿。你招了我罷。那婦人道。好女婿呀。這等沒大沒小的。連丈母也都要了。我這三個女兒。心性最巧。他一人結了一個珍珠篏錦汗衫兒。你若穿得那個的。就教那個招你罷了。八戒道。好。好。好。把三件兒都拿來我穿了看。若都穿得。就教都招了罷。那婦人轉進房裡，止取出一件來，遞與八戒。那獃子脫下青錦布直裰，理過衫兒，就穿在身上，還未曾繫上帶子，撲的一蹻，跌倒在地。原來是幾條繩緊緊綳住。那獃子疼痛難禁。這些人早已不見了。却說三藏、行者、沙僧一覺睡醒，不覺的東方發白，忽睜睛擡頭觀看，那里得那大厦高堂，也不是雕梁畫棟，一個個都睡在松栢林中。慌得那長老忙呼行者。沙僧道：哥哥，罷了，罷了，我們遇着鬼了。孫大聖心中明白，微微的笑道：怎麼說？長老道：你看我們睡在那里耶。行者道：這松林下落得快活，但不知那獃子在那里受罪哩。長老道：那個受罪？行者笑道：昨日這家子娘女們不知是那里菩薩在此顯化我等想是半夜裡去了只苦了猪八戒受罪三藏聞言合掌頂禮又只見那後邊古栢樹上飄飄蕩蕩的掛着一張簡帖兒沙僧急去取來與師父看時都是八句頌子云

黎山老母不思凡南海菩薩請下山普賢文殊皆是客
化成美女在林間聖僧有德還無俗八戒無禪更有凡
從此靜心須改過若生怠慢路途難

那長老行者沙僧正然唱念此頌只聽得林深處高聲叫道師父可綳殺我了救我一救下次再不敢了三藏道悟空那叫喚的可是悟能麼沙僧道正是行者道兄弟莫採

饒我們去罷三藏道那獃子雖是心性愚頑却只一味懞直倒也有些膂力挑得行李還看當日菩薩之念救他隨我們去罷料他以後再不敢了那沙和尚却捲起鋪蓋收拾了担子孫大聖解韁牽馬引唐僧入林尋看這正是

從正修持須謹慎　掃除愛欲自歸真

畢竟不知那獃子凶吉如何且聽下回分解

總批

今人那一個不被眞眞愛愛憐憐羨壞了不要獨笑老豬也○人但笑老豬三個女兒娶不成反被他綳

了一夜不知若娶成了其綳不知又當何如人試思之世上有一個不在綳裡者否

又批

描畫八戒貪色處妙絕只八三個不要裁我還從衆計較便畫出無限不可畫處

第二十四回

萬壽山大仙留故友　五庄觀行者竊人參

却說那二人穿林入裡只見那獃子綳在樹上聲聲叫喊。痛苦難禁行者上前笑道好女壻呀這早晚還不起來謝親又不到師父處報喜還在這里賣解兒耍子哩咄你娘呢你老婆呢好個綳巴吊拷的女壻呀那獃子見他來搶白着羞咬着牙。忍着疼。不敢叫喊沙僧見了。老大不忍放下行李。上前解了繩索救下。獃子對他們只是磕頭禮拜。其實羞恥難當有西江月為証。

色乃傷身之劍貪之必定遭殃佳人二八好容妝。更比

夜叉兇壯只有一個原本再無微利添囊好將資本謹
收藏堅守休教放蕩
那八戒撮土焚香望空禮拜行者道你可認得那些菩薩
麼八戒道我已此暈個昏迷眼花撩亂那認得是誰行者
把那簡帖兒遞與八戒八戒見了是頌子更加慚愧沙僧
笑道二哥有這般好處哩感得四位菩薩來與你做親八
戒道兄弟再莫題起不當人子了從今後再也不敢妄爲
你就是累折骨頭也只是麼肩壓擔隨師父西域去也三
藏道既如此說纔是行者遂領師父上了大路在路飡風
宿水行罷多時忽見有高山擋路三藏勒馬停鞭道徒弟

前面一山必須仔細恐有妖魔作耗侵害吾黨行者道師
前但有吾等三人怕甚妖魔因此長老安心前進只見那
座山真是好山

高山峻極大勢崢嶸根接崑崙脉頂摩霄漢中白鶴每
來棲檜柏玄猿時復掛藤蘿日映晴林迭迭千條紅霧
繞風生陰壑飄飄萬道彩雲飛幽鳥亂啼青竹裏錦雞
齊鬬野花間只見那千年峯五福峯芙蓉峯巍巍凜凜
放毫光萬歲石虎牙石三天石突突磷磷生瑞氣崖前
草秀嶺上梅香荆棘密森森芝蘭清淡淡深林鷹鳳聚
千禽古洞麒麟轄萬獸澗水有情曲曲灣灣多遶顧峯

巒不斷重重疊疊自過迴又見那綠的槐斑的竹青的松依依千載鬥穠華白的李紅的桃翠的柳灼灼三春爭艷麗龍吟虎嘯鶴舞猿啼麋鹿從花出青鸞對日鳴乃是仙山眞福地蓬萊閬苑只如然又見些花開花謝山頭景雲去雲來嶺上峯

三藏在馬上懽喜道徒弟我一向西來經歷許多山水都是那嵯峨險峻之處更不似此山好景果然的幽趣非常若是相近雷音不遠路我們好整肅端嚴見世尊行者笑道早哩早哩正好不得到哩沙僧道師兄我們到雷音有多少遠行者道十萬八千里十停中還不曾走了一停哩

八戒道哥阿要走幾年纔得到行者道這些路若論二位賢弟便十來日也可到若論我走一日也好走五十遭還見日色若論師父走莫想莫想唐僧道悟空你說得幾時方可到行者道你自小時走到老老了再小老小千番也還難只要你見性（着眼）志誠念念回首處即是靈山沙僧道師兄此間雖不是雷音觀此景致必有個好人居止行者道此言却當這里却無邪祟一定是個聖僧仙輩之鄉我們遊翫慢行不題却說這座山山中有一座觀名喚五庄觀觀裡有一尊仙道號鎮元子混名與世同君那觀裡出一般異寶乃是混沌初分鴻濛始判天地未開之際產成這

件靈根蓋天下四大部洲惟西牛賀洲五庄觀出此喚名草還丹又名人參果三千年一開花三千年一結果再三千年纔得熟短頭一萬年方得吃似這萬年只結得三十箇果子果子的模樣就如三朝未滿的小孩相似手足俱全五官咸備人若有緣得那果子聞了一聞就活了三百六十歲吃一箇就活了四萬七千年當日鎮元大仙得元始天尊的簡帖邀他到上清天上彌羅宮中聽講混元道果大仙門下出的散仙也不計其數見如今還有四十八個徒弟都是得道的全眞當日帶領四十六個上界去聽講留下兩個絕小的看家一個喚做清風一個喚做明月

清風只有一千三百二十歲明月纔交一千二百歲鎮元子分付二童道不可違了大天尊的簡帖要往彌羅宮聽講你兩個在家仔細不日有一個故人從此經過却莫怠慢了他可將我人參果打兩箇與他吃權表舊日之情二童道師父的故人是誰望說與弟子好接待大仙道他是東土大唐駕下的聖僧道號三藏今往西天拜佛求經的和尚二童笑道孔子云道不同不相為謀我等是太乙玄門怎麽與那和尚做甚相識大仙道你那里得知那和尚乃金蟬子轉生西方聖老如來佛第二個徒弟五百年前我與他在蘭盆會上相識他曾親手傳茶佛子敬我故此

是爲故人也二仙童聞言謹遵師命那大仙臨行又叮嚀囑付道我那果子有數只許與他兩個不得多費清風道開園時大衆共吃了兩箇還有二十八箇在樹不敢多費大仙道唐三藏雖是故人須要防備他手下人囉唣不可驚動他知二童領命訖那大仙領衆徒弟飛昇竟朝天界

却說唐僧四衆在山遊翫忽擡頭見那松篁一簇樓閣數層唐僧道悟空你看那里是甚麼去處行者看了道那所在不是觀宇定是寺院我們走動些到那廂方知[illegible]的不一時來于門首觀看見那

松坡冷淡竹逕清幽往來白鶴送浮雲上下猿[illegible]獻

果那門前池寬樹影長石裂苔花破宮殿森羅紫極高樓臺縹緲丹霞墮真箇是福地靈區蓬萊雲洞清虛人事少寂靜道心生青鳥每傳王母信紫鸞常寄老君經看不盡那巍巍道德之風果然漠漠神仙之宅

三藏離鞍下馬又見那山門左邊有一通碑碑上有十箇大字乃是萬壽山福地五庄觀洞天長老道徒弟真箇是一座觀宇沙僧道師父觀此景鮮明觀裡必有好人居住我們進去看看若行滿東回此間也是一景行者道說得好遂都一齊進去又見那二門上有一對春聯

長生不老神仙府　與天同壽道人家

行者笑道這道士說大話謊人老孫五百年前大鬧天宮時在那太上老君門首也不曾見有此話說八戒道且莫管他進去進去或者這道士有些德行未可知也及至二門裡只見那裡面急急忙忙走出兩個小童兒來看他怎生打扮

骨清神爽容顏麗頂結丫髻短髮鬅道服自然襟遶霧羽衣偏是袖飄風環縧緊束龍頭結芒履輕纏蚕口絨丰采異常非俗輩正是那清風明月二仙童

那童子控背躬身出來迎接道老師父失迎請坐長老懽喜遂與二童子上了正殿觀看原來是向南的五間大殿

都是上明下暗的雕花格子。那仙童推開格子。請唐僧入殿。只見那壁中間掛着五彩粧成的天地二大字。設壹張朱紅雕漆的香几。几上有一副黄金爐瓶。爐邊有方便整香。唐僧上前。以左手撚香注爐。三匝禮拜。拜畢。回頭道。仙童。你五庄觀真是西方仙界。何不供養三清四帝羅天諸宰。只將天地二字侍奉香火。童子笑道。不瞞老師父這兩箇字。上頭的。禮上還當。下邊的。還受不得我們的香火。是家師父諂佞出來的。三藏道。何為諂佞。童子道。三清是家師的朋友。四帝是家師的故人。九曜是家師的晚輩。元辰是家師的下賓。那行者聞言。就笑得打跌。八戒道。哥阿。你

笑怎的行者道只講老孫會搗鬼原來這道童會細風三
藏道令師何有童子道家師元始天尊降簡請上清天彌
羅宮聽講混元道果去了不在家行者聞言忍不住喝了
一聲道這個臊道童人也不認得你在那個面前搗鬼扯
甚麼空心架子那彌羅宮有誰是太乙天仙請你這潑牛
蹄子去講甚麼三藏見他發怒恐怕那童子回言鬥起禍
來便道悟空且休爭競我們既進來就出去顯得沒了方
情常言道鷺鷥不吃鷺鷥肉他師父既是不在攪亂他做
甚你去山門前放馬沙僧看守行李教八戒解包袱取些
米糧借他[illegible]灶做頓飯吃待臨行送他幾文柴錢便罷了

各依執事讓我在此歇息歇息飯畢就行他二人果各依
執事而去那明月清風暗自誇稱不盡道好和尚真箇是
西方愛聖臨凡真元不昧師父命我們接待唐僧將人參
果與他吃以表故舊之情又教防着他手下人囉唣果然
那三個嘴臉兇頑性情粗糙幸得就把他們調開了若在
面前却不與他人參果見面清風道兄弟還不知那和尚
可是師父的故人問他一問看莫要錯了二童子又上前
道啓問老師可是大唐往西天取經的唐三藏長老回禮
道貧僧就是仙童為何知我賤名童子道我師臨行曾分
付教弟子遠接不期車駕來促有失迎迓老師請坐待弟

子辦茶來奉。三藏道不敢。那明月急轉本房取一杯香茶、
獻與長老茶畢清風道兄弟不可違了師命我和你去取
果子來。二童別了三藏同到房中。一個拿了金擊子、一個
拿了丹盤。又多將絲帕墊着盤底徑到人參園內、那清風
爬上樹去。使金擊子敲果明月在樹下以丹盤等接。須臾
敲下兩箇果來接在盤中。徑至前殿奉獻道唐師父我五
庄觀土僻山荒無物可奉。土宜素果二枚權爲解渴那長
老見了戰戰兢兢遠離三尺道善哉善哉今歲到也年豐
時稔怎麼這觀裡作荒吃人這個是三朝未滿的孩童如
何與我解渴、清風暗道這和尚在那口舌場中是非海裡
（形容）

天得眼肉胎凡不識我仙家異寶明月上前道老師此物叫做人參果吃一個兒不妨三藏道胡說胡說他那父母懷胎不知受了多少苦楚方生下來及三日怎麼就把他拿來當果子清風道實是樹上結的長老道亂談亂談樹上又會結出人來拿過去不當人子那兩個童兒見千推萬阻不吃只得拿着盤子拿轉本房那果子却也蹺蹊又放不得若放多時即僵了不中吃二人到于房中一家一個坐在床邊上只情吃起噫原來有這般事哩他那道房與那廚房緊緊的間壁這邊悄悄的言語那邊即便聽見八戒正在廚房裡做飯先前聽見說取金擊子拿丹盤他

已在心、又聽見他說唐僧不認得是人參果、即拿在房裡自吃、口裡忍不住流涎、道怎得一箇兒嘗新、自家身子又狼犺、不能勾得動、只等行者來、與他計較、他在那鍋門前更無心燒火、不時伸頭探腦出來觀看、不多時見行者牽將馬來、拴在槐樹上、徑往後走、那獃子用手亂招道、這里來這里來、行者轉身到于廚房門首道、獃子你嚷甚的、想是飯不勾吃、且讓老和尚吃飽、我們前邊大人家再化吃去罷、八戒道你進來、不是飯少、這觀裡有一件寶貝、你可曉得、行者道甚麼寶貝、八戒笑道說與你、你不曾見、拿與你、你不認得、行者道這獃子笑話我、老孫老孫五百年前因訪仙家時、也曾雲遊在海角天涯、那般兒不曾見、八戒道哥阿、人參果你曾見麽、行者驚道、這箇眞不曾見、但只常聞得人說人參果乃是草還丹、人吃了極能延壽、如今那里有得、八戒道、他這里有、那童子拿兩箇與師父吃、那老和尚不認得、道是三朝未滿的孩童、不曾敢吃、那童子老大憊懶、師父既不吃、便該讓我們、他就瞞着我們、纔自在這隔壁房裡、一家一箇、喝喳喝喳的吃了出去、就急得我口裡水決、怎麽得一箇兒嘗新、我想你有些留撒、去他那園子裡偷幾箇來嘗嘗、如何、行者道、這箇容易、老孫去手到擒來、急抽身往前就走、八戒一把扯住、哥阿、我聽得他在這房裡說要拿甚麼金擊子去打哩須是幹得停當不可走露風聲行者道我曉得我曉得那大聖使一箇隱身法閃進道房看時原來那兩箇道童吃了果子上殿與唐僧說話不在房裡行者四下里觀看看有甚麼金擊子但只見牕欞上掛着一條赤金有二尺長短有指頭粗細底下是一箇蒜疙疸的頭子上邊有眼繫着一根綠絨繩兒他道想必就是此物叫做擊子他却取下來出了道房徑入後邊去推開兩扇門擡頭觀看呀却是一座花園但見

朱欄寶檻曲砌峯山奇花與麗日爭妍翠竹共青天鬭

碧流杯亭外。一灣綠柳似拖烟賞月臺前數簇喬松如潑靛紅拂拂錦魚榴綠依依綉墩草青茸茸碧砂蘭倣蕩蕩臨溪水丹桂映金井梧桐錦槐傍朱欄玉砌有或紅或白千葉桃有或香或黄九秋菊、荼蘼架映着牡丹亭木槿臺相連芍藥欄看不盡傲霜君子竹欺雪大夫松更有那鶴庄鹿宅方沼圓池泉流碎玉地萼堆金、朔風觸綻梅花白、春來點破海棠紅誠所謂人間第一仙景西方魁首花叢。

那行者觀看不盡又見一層門推開看處却是一座菜園佈種四時蔬菜菠芹莙薘薑苔筍藷瓜瓠茭苩葱蒜光

茭韭薤，萵蕖童蒿苦蕒，葫蘆茄子須栽，蔓菁蘿蔔羊頭埋，紅莧青菘紫芥。

行者笑道，他也是個自種自吃的道士，走過菜園，又見一層門，推開看處呀，只見那正中間有根大樹，真箇是青枝馥郁，綠葉陰森，那葉兒却似芭蕉模樣，直上去有千尺餘高，根下有七八丈圍圓，那行者倚在樹下，往上一看，只見向南的枝上露出一箇人參果，真箇相孩兒一般，原來尾間上是箇扢蒂，看他丁在枝頭，手腳亂動，點頭幌腦，風過處似乎有聲，行者懽喜不盡，暗自誇稱道，好東西呀，果然罕見，果然罕見，他倚着樹，搷的一聲，攛將上去，那猴子，原來第一會爬樹偷果子他把金擊子敲了一下那果子撲的落將下來他也隨跳下來跟尋寂然不見四下里草中找尋更無踪跡行者道蹺蹊蹺蹊想是有脚的會走就是也跳不出墻去我知道了想是花園中土地不許老孫偷他果子他收了去也他就捻着訣念一口唵字咒拘得那花園土地前來對行者施禮道大聖呼喚小神有何分付行者道你不知老孫是蓋天下有名的賊頭我當年偷蟠桃盜御酒竊靈丹也不曾有人敢與我分用怎麼今日偷他一箇果子你就抽了我的頭去了這果子是樹上結的空中過鳥也該有分老孫就吃他一箇有何大害怎麼剛

打下來你就撈了去土地道大聖錯怪了小神也這寶貝
乃是地仙之物小神是個鬼仙怎麽敢拿去只是聞也無
福聞聞行者道你既不曾拿去如何打下來就不見了土
地道大聖只知這寶貝延壽更不知他的出處哩行者道
有甚出處土地道這寶貝三千年一開花三千年一結果
再三千年方得成熟短頭一萬年只結得三十箇有緣的
聞一聞就活三百六十歲吃一箇就活四萬七千年却是
只與五行相畏行者道怎麽與五行相畏土地道這果子
遇金而落遇木而枯遇水而化遇火而焦遇土而入敲時
必用金器方得下來打下來却將盤兒用絲帕襯墊方可

若受些木器就枯了。就吃也不得延壽吃他須用磁器清水化開食用。遇火即焦而無用。遇土而入者。大聖方纔打落地上他即鑽下土去了。這箇土有四萬七千年就是鋼鑽鑽他也鑽不動些須比生鐵也還硬三四分。人若吃了所以長生。大聖不信啼。可把這地下打打兒看行者即掣金箍棒築了一下。响一聲迸起棒來。土上更無痕迹行者道果然果然。我這棍打石頭如粉碎。撞生鐵也有痕怎麽這一下打不傷些兒這等說我却錯怪了你了。你回去罷那土地即回本廟去訖。大聖却有筭計爬上樹。一隻手使擎子。一隻手將錦布直裰的襟兒扯起來做箇兜子等住。

他却串枝分葉敲了三箇果兜在襟中跳下樹一直前來徑到廚房裡去那八戒笑道哥哥可有麽行者道這不是老孫的手到擒來這箇果子也莫背了沙僧可叫他一聲八戒招手叫道悟淨你來那沙僧撇下行李跑進廚房道哥哥叫我怎的行者放開衣兜道兄弟你看這箇是甚的東西沙僧見了道是人參果行者道好呵你到認得你曾在那里吃過的沙僧道小弟雖不曾吃但舊時做捲簾大將扶侍鑾輿赴蟠桃宴嘗見海外諸仙將此果與王母上壽見便曾見却未曾吃哥哥可與我些兒嘗嘗行者道不消講兄弟們一家一箇他三人將三箇果各各受用那八

戒食腸大，口又大，一則是聽見童子吃時，便覺饞虫拱動，却纔見了果子，拿過來，張開口，轂轆的吞嚥下肚，却白着眼胡賴，向行者沙僧道：你兩個吃的是甚麽？沙僧道：人參果。八戒道：甚麽味？行者道：悟淨不要採他，你倒先吃了，又來問誰。八戒道：哥哥吃的忙了些，不相你們細嚼細嚥，嘗出些滋味。我也不知有核無核，就吞下去了。哥啊，爲人爲輙，你輕調動我這饞虫，再去弄箇兒來，老豬細細的吃吃。行者道：兄弟，你好不知止足。這箇東西，比不得那米食麪食，撞着儘飽。相這一萬年只結得三十箇。我們吃他這一箇，也是大有緣法，不等小可。罷罷罷，彀了。他欠起身來，把

一箇金擊子。瞞着眼兒丟進他道房裡竟不採他那獃子

（一聯頭皮趣甚妙甚）

只管絮絮叨叨的唧噥不期那兩個道童復進房來取茶去時只聽得八戒還嚷甚麼人參果吃得不快活再得一箇兒吃吃纔好清風聽見心疑道明月你聽那長嘴和尚講人參果還要箇吃吃師父別時吖嚀教防他手下人囉唣莫敢是他偷了我們寶貝麼明月回頭道哥耶不好了不好了金擊子如何落在地下我們去園裡看看來他兩個急急忙忙的走去只見花園開了清風道這門是我開的如何開了又急轉過花園只見菜園門也開了忙入人參園裡倚在樹下望上查數顛倒來往只得二十二箇明

月道你可會筭帳清風道我也會你說將來明月道果子原
是三十箇師父開園分吃了兩箇還有二十八箇適纔打
兩箇與唐僧吃還有二十六箇如今止剩得二十二箇却
不少了四箇不消講不消講是那夥惡人偷了我們只罵
秃僧去來兩個出了園門徑來殿上指着唐僧秃前秃後
穢語汚言不絕口的亂罵賊頭鼠腦臭短臊長没好氣的
胡嚷唐僧聽不過道仙童阿你閙的是甚麽消停些兒有
話慢說不妨不要胡說散道的清風說你的耳聾我是蠻
話你不省得你偷吃了人參果怎麽不容我說唐僧道人
參果怎麽模樣明月道纔拿來與你吃你說像孩童的不

是唐僧道阿彌陀佛那東西一見我就心驚膽戰還敢偷
他喫哩就是害了饞痨也不敢幹這賊事不要錯怪了人
清風道你雖不曾吃還有手下人要偷吃的哩三藏道這
等也說得是你且莫嚷等我問他們看果若是偷了教他
陪你明月道陪啞就有錢那里去買三藏道縱有錢沒處
買常言道仁義值千金教他陪你箇禮便罷了也還不知
是他不是他哩明月道怎的不是他他那里分不均還在
那里嚷哩三藏叫聲徒弟且都來沙僧聽見道不好了決
撒了老師父叫我們小道童胡厮罵不是舊話兒走了風
却是甚的行者道活羞殺